徳間文庫

黒白の起点

飛驒高山殺意の交差

梓　林太郎

JN104072

徳間書店

目次

第一章　出会い

1

　きょう八月八日は立秋だというが、秋の気配など微塵《みじん》もなく、朝から雲のない空が広がっている。午前十一時の気温は体温に近いほど上昇し、立っているだけで顔に汗がにじんだ。

　小森甚治《こもりじんじ》は、井の頭線久我山《くがやま》駅で電車を降りて北のほうへ向かった。自転車で通勤する日が多いが、けさは一時小雨が降ったので電車にした。わずかに陽陰《ひかげ》のある住宅街の道路は寝静まったように物音がしていない。

　ハンカチを手にした彼が歩いている百メートルほど先を、女性がこちらへ向かってとぼとぼと歩いていたが、なにかにつまずいたように道路の端へうずくまった。暑さに負けて気分でも悪くなったのか。彼は左右と後ろに首をまわしたが、人影はなかった。そこでうずくまった人に駆け寄った。

「あっ、奥さま……」

彼は思わず叫んだ。

地面に手をついている女性は顔を起こすと、

「小森さん」

と、白い唇から弱よわしい声を出し、首を垂れた。

小森は女性の腕を肩に掛けて陽陰へと移した。彼女は病院へ行くつもりだったと、ささやくようにいった。

「救急車を呼びましょうか」

「呼ばないで。ときどきこういうことがあるんです」

「病院は、渋谷でしたね」

「そうです」

「タクシーを拾いますので、ちょっと待ってください」

地面にすわって膝《ひざ》を抱えた彼女にいって、広い道路に目をやった。

きょうは家事手伝いの八重《やえ》がついていなかった。

タクシーはすぐにつかまった。彼女は五十一歳だが、まるで九十代の高齢者のように両腕を泳がせてタクシーに乗った。小森は横に乗って、行き先を告げると、スマホを取り出して電話を掛けた。

太い声が機嫌が悪そうに応じた。

「奥さんを、病院へお連れしますので、出勤は午後になると思います」

「あんたが、どうして病院へついて行くんだ」

小森は病院へ同行することになった経緯を簡略に話した。

「ふうーん」

ますます機嫌悪そうにいって電話を切ってしまった。

機嫌が悪そうな主は野山遊介《のやまゆうすけ》。いまや飛ぶ鳥を落とす勢いの売れっ子作家である。

彼は三十二歳のとき、大人の恋愛小説を書いてある大衆文学の賞を受賞して、作家デビューをした。しかし三、四年は文芸雑誌からの依頼はなく、大田区の自動車部品製造工場で油に汚れた作業服を着ていた。その間に長篇の推理小説を書いて出版社に持ち込んだ。作品をあずかった編集者は半年後にその推理小説を読んだ。三分の一ほど読んだところで、目の色を変えた。面白い筋立てに引きずり込まれたのである。あとの三分の二を読み終えたのは真夜中。編集者は作品の感想を書いて、次の日、編集長に差し出した。編集長はすぐに約五百枚の作品を読んだ。「これはいける」といって出版を決めた。

編集者と編集長の目に狂いはなかった。発売十日後に増刷が決まり、毎週、増刷がつづいた。

野山遊介の名はたちまち業界に知られ、打ち合わせをしたい、雑誌に作品を、という依頼が殺到して工場に勤めていられなくなった。彼はそれまで体内に溜《た》め込んでいたものを吐き出すように、恋愛小説、推理小説、そして時代小説を次つぎ発表して、たちまちのうちに出版界の寵児《ちょうじ》になった。大田区のアパートに妻と息子二人と暮らしていたが、四十歳のとき、家を建てることを考えた。

井の頭線久我山駅から歩いて六、七分のところに土地を買い、彼が設計した木造二階建ての自宅が完成したのは四十三歳のときである。

野山の結婚は三十歳だった。妻の良子《りょうこ》は、彼がたまに食事に行っていた蒲田《かまた》の食堂で働いていて野山と知り合った。彼女は新潟生まれで、高校を卒業すると美容師を志して上京した。だが美容学校で学ぶうち薬品に肌が弱いことに気付いて中退した。蒲田で食堂をやっていた人は秋田出身で、彼女の父の紹介で勤めることになった、と小森は彼女からきいたことがあった。

アパートに住んでいたころの野山は、編集者との打ち合わせや、原稿を納めるとき、近所の喫茶店を利用していた。その店で原稿を書いたこともあった。

久我山の自宅ができると、打ち合わせや原稿を取りにきた編集者とは、応接間で会うようになった。初めのうちは良子が、お茶を出したりしていたが、どうしたわけか彼女には寝床をはなれられない日があった。ろくに食事をせずに二日ぐらい寝込んでいることもあった。

十代の息子が二人いるので、野山は良子と話し合って、住み込みの家事手伝いの女性を雇うことにした。

野山は、都会ずれしていない人がいいといったので、良子は、「適当な人はいないか」と秋田市に住んでいる知人に相談した。

数日後、秋田の知人の紹介で十九歳の宮田八重《みやたやえ》という女性がやってきた。八重はすぐに雇い入れられるものと思い込んでいたらしく、大きい荷物を提げてあらわれた。身長百六十五センチ、体重約六十キロの堂々とした体格。肌は白く頰は紅を塗ったように赤かった。それまで母親と一緒に海産物の加工所で働いていたという。

「うちの主人の職業を知っていましたか」と良子が八重にきいた。

「知りませんでした。何日か前に母から話をきいたので、図書館へ行きました。そしたら、名前の札が出ている棚に、野山遊介さんの本が何冊も入っていたので、びっくりしました」と答えてにこりとした。

「住み込みで働いていただくけど、いろんなお客さまがおいでになるので、言葉には気をつけてね。あなた、名前の札っていったけど、これからはお名前っていってくださいね」

いままで小説を読んだことがあるか、と良子がきいたところ、八重は、「ありません」と答えた。

「自宅では炊事をしていましたか」

「はい、毎日。工場へはお昼のお弁当を持って行くので、母と自分の弁当をつくりました」

良子は八重に、台所と浴室と洗濯機を見せ、物干し場を教えた。そして台所に近い四畳半の部屋で起居するようにといい、二人の子どもの部屋を見せた。すると八重は、ベッドの上に脱ぎ捨てられていたパジャマの皺《しわ》をのばしてたたんだ。床には下着も脱ぎ捨てられていた。彼女はそれを拾うと洗濯機に入れ、掃除機を子ども部屋へ這《は》わせた。それを見た良子は、「この娘は使える」と判断した。

二階には書斎と控え室と洋間が二部屋ある。「もう少し経つと書斎から主人が降りてくるので、そうしたら二階も見てちょうだい」

「大きい家ですね」

八重は天井へ顔を向けた。

「他所《よそ》の家のことは、お宅とか、お邸《やしき》っていうのよ」

野山がタバコをくわえて二階から降りてきた。彼は作家になる前からタバコを吸っていたが、もの書き専業になると日に八十本ぐらいを灰にするようになっていた。

彼は応接間へ八重を招いた。

「丈夫そうなからだをしているね。いままで病気をしたことはないだろう」

といって、メガネの縁に手をやった。

「わたしは憶えていませんが、四歳か五歳ぐらいまでは、よく熱を出したと母にいわれました。学校へ上がってからは、病気で休んだことは一度もありません」

「病気以外のことで、欠席したことがあるんだね」

「父と母が喧嘩《けんか》したときは、学校へ行けなかったです」

「それはいくつのとき」

「小学五年生でした」

「お父さんとお母さんの喧嘩の原因は」

「知りません。憶えているのは、家が壊れるんじゃないかって思うほど、母が暴れたことです。弟は泣きながら家を出て行って、おばあちゃんの家から三日ぐらい帰ってきませんでした」

「お母さんが……。両親の喧嘩は一回きり……」

「いい合いはしょっちゅうですが、母が暴れたのは一回だけだと思います」

「あんたは、はっきりものがいえる人だ。学校の成績は良かったんじゃないの」

「そうでもありません。高校では真ん中より少し下でした」

「あんたが育った男鹿《おが》というところへは、一度は行ってみたい。実家は海の近くなの」

秋田から男鹿線で終点。船川《ふながわ》港の近くで、湾のなかだが風の強い日は波の音がきこえている。日本海に突き出している半島なので、塩瀬崎《しおせざき》や入道崎《にゅうどうざき》は岩に砕ける荒波で有名だと、彼女は家族の顔を思い出したのか、海辺の風景を思い浮かべてか目を細くした。

「ぜひ行ってきてください。そして、水平線に沈む夕陽を眺めてください。男鹿半島には水族館も、なまはげ館もあります」

良子が、野山と八重にコーヒーを出した。八重はコーヒーを一口飲むと、なんと美味しいのかとほめた。良子は八重がコーヒーを飲み終えるのを待って、台所へ呼び、サイフォンでのコーヒーの立てかたを教えた。野山は食事のあとに濃いコーヒーを飲むのだと話した。

長男の光洋《こうよう》と次男の忠太《ちゅうた》が学校から帰ってきた。良子が二人を台所へ呼んで、「きょうから、家のなかのことをやっていただくおねえさんよ」と八重を紹介した。

そのとき光洋は十二歳、忠太は十歳だった。

「なんて呼べばいいの」

光洋が良子にきいた。

「おねえさんがいいと思うけど」

「八重さんて呼ぶほうがいいよ」

忠太が良子にいった。

「友だちみたいだから、おねえさんがいい、ね、八重さん」

良子は二人の息子にいいきかせた。

2

小森甚治は、作家野山遊介の秘書をつとめて四年になる。それまでの小森は新宿の神田川《かんだがわ》調査事務所に調査員として勤めていた。その間に関東テレビのドラマ制作部長の立川《たちかわ》と知り合いになった。立川が小森の仕事に興味を持って、月に一度は食事に誘ってくれていた。彼は小森に、最近はどんなことを調べたかを、食事をしながらきいていたのである。つまりドラマ制作に実際にあったことを役立てたかったのだ。

立川は五、六年前から、野山が発表した推理小説のドラマ化を担当していて、たびたび野山邸を訪ねていた。四年前のことだが、野山に、「面白い話をする男を知っています。それは調査事務所の調査員で、産業スパイのようなこともするし、人の隠しごとを調べることもあるといっています。私はドラマのなかに、その男から話をきいたことを、ちょこちょことはさんでいるんです」と話した。すると野山は目の色を変えて立川の顔をにらみ、「私にその男を紹介してくれないか」といった。

「お会いになりたいのですね」

「そう。話をきいてみたい。話によっては小説のヒントになることがあるかもしれない」

作家は、その男にすぐにでも会いたいといっているようだった。

野山は、新聞に連載小説を書いているし、二つの文芸雑誌にも小説を連載していた。そして二か月後には週刊誌に比較的知名度の高い地方を舞台にした推理小説の連載をはじめることになっていた。だが、読者の興味を惹《ひ》きそうなアイデアが浮かばず、そのことが毎日気になっていた。

立川は、野山に小森甚治を紹介することを引き受け、野山邸を出ると小森のケータイに掛けた。小森は出張中で松本市《まつもと》にいるといった。立川は、野山遊介を自宅へ訪ねてもらいたいと話した。

「ええっ、あの流行作家に……」

「あなたのことをちょっと話したら、ぜひ会いたい、早く会いたいといったんです。あなたが私に話してくれているようなことを、野山先生に話してあげてください。私が見るに、売れっ子作家は現在、書くものに困っています。野山先生はいつも、読者をよろこばせたり、驚かせたりできるものを書きたいと考えている良心的な方です」

小森は、あすは東京へもどるので野山先生には電話で都合をきくといった。

立川は、野山遊介の住所と電話番号を小森に伝えた。

小森は立川からきいた野山遊介の住所のメモを見直して、流行作家はどんな家に住んで、どんな暮らしかたをしているのかを想像した。

彼は、松本市と隣接の安曇野《あずみの》市の精密機械メーカーの規模や業績や将来性などを調べて帰京した。事務所に着いたのは夜の七時すぎだったが、ポケットからノートにはさんだメモを取り出して、野山遊介宅へ電話した。彼は、政治家にも警察の幹部にも電話して、知りたいことを取材した経験があるが、小説家に電話を掛けるのは初めてであった。

野山遊介とはどんな声で、どんな話しかたをする男なのか、と興味があった。それより、はたして自宅にいるのか。夜は出版社や新聞社の人と食事したり、銀座あたりのクラブで、赤いドレスの女性にはさまれているのではないか。

電話の呼び出し音は三つ鳴って、男の低い声が、「はい」といった。

「野山先生でいらっしゃいますか」

「野山です」

本人が直接応じたので小森はびっくりした。どんな造りの家か知らないが、その家には野山しかいないのではないかと、勝手な想像をした。関東テレビの立川から紹介を受けた小森甚治だと告げると、

「これはどうも、お電話をありがとうございます。早速ですが、なるべく早くお会いしたいのですが、ご都合はいかがでしょうか」

作家の言葉は丁寧だが、急《せ》いているようだった。

「明日でしたら、おうかがいできますが……」

「では、あした。十一時には起きていますので」

午前十一時には起きているということは、真夜中まで仕事をしているのだろう。小説の連載をいくつも抱えているので、銀座のクラブなどへ飲みに行っているひまはないにちがいない。

小森は、足立区綾瀬《あやせ》の借家に住んでいる。地図を開いて杉並区久我山への行きかたを頭に入れた。

神田川調査事務所長の桐島《きりしま》の前に立って、あしたは休ませてもらいたいといった。

「疲れたのか」

六十歳の桐島はメガネ越しに小森の顔を見上げた。

「そうです。くたくたなんです」

「一日だけ休んで、レポートを早く上げてくれ。女性の素行を調べる仕事も入っているしな」

ここの従業員は、調査員が五人、事務の女性が一人。その女性は月末に辞めるといっている。なぜ辞めるのかを小森がきいたところ、いつまでも独りというのが嫌なのだと答えた。

「半年前から独りだったじゃないか」

「独りだと気楽だと思ったけど、このごろ話し相手が欲しくなったんです。それと、所長と二人きりでいるのが嫌になったんです」

二十六歳の彼女は寒さをこらえるような身振りをした。


小森が野山邸を初めて訪ねたのは、五月の小雨の降る日だった。風もあって寒さを覚えた。邸はT字路の角にあった。やや古風に見える木造二階建ては木製の高い塀に囲まれていて、門柱は太かった。その柱には［野山］の名札が控えめに貼り付いていた。

小森は午前十一時きっかりにくぐり戸を入った。一歩入ってから犬を警戒した。大型犬でもいそうな庭である。山から運んできたような黒い岩が二つ置かれ、丸く刈った樹木は添え物のような感じがした。庭は鉤《かぎ》の手になっていて、右の奥に赤い色をした犬小屋が見えた。だが犬の姿はなかった。

玄関で小森を迎えたのは体格のいい女性だった。彼女はグレーの半袖シャツにブルーのジーパンを穿《は》いていた。たぶん家事手伝いの人だろうと小森は判断した。

彼は名乗ってから、ハンカチでズボンの裾《すそ》を拭《ぬぐ》った。

「あ、気が付かなくてすみません。すぐにタオルを……」

彼女は小走りに奥へ引っ込むと、白いタオルを持って出てきた。折角なので小森はそのタオルを使った。

廊下は姿が映るほど光っていた。壁には分厚い額縁の油絵が飾られていた。白い花瓶に赤や黄や紫の花を活けた華やかな絵である。

応接間へ通された。茶革の重厚なソファが据わっていた。

「先生はまだ寝《やす》んでいるようですので、お待ちになってください」

彼女はすまなそうな表情をした。どうやら小森が訪問することは伝えられていたようだが、まだ寝ているようだというと、野山は何時まで仕事をしていたのか。

三十分ほど待たされた。小森は窓辺に立ってガラス越しに庭を眺めた。スズメが二羽舞い下りて地面をつついた。

ドアが音もなく開き、

「どうも」

と声が掛かった。野山だった。彼はグレーのだぶだぶのトレーナーのようなものを着ていた。もしかしたらベッドから抜け出てきたのではないか。すると着ているものはパジャマか。

彼は、待たせて悪かったとはいわなかった。著書についている写真で顔立ちは知っていたが、執筆に追われているからか、疲れているような顔は痩《や》せていた。髪は長く、無精髭《ぶしょうひげ》は伸び放題で、うす汚く見えた。小森は野山を体格の勝れた人と想像していたが、身長は百六十センチ程度で胸は薄かった。

野山は椅子《いす》にすわると、持っていた黒縁のメガネを掛けて、小森の名刺を読んだ。

さっき小森を迎えた女性がお茶を運んできた。そのお茶は美しい緑色をしていた。

「コーヒーを」

野山は女性にいいつけた。

「仕事は面白いですか」

野山は少し頰をゆるめてきいた。

「面白い仕事だと思っている方が多いようですが、面白いなんて思ったことは一度もありません。いつも緊張を強いられています」

「あなたが勤めている事務所は、主にどんな調査を請けているんですか」

「中小企業の業績と、経営者がどんな人かを調べる仕事が、全体の八十パーセントぐらい。二十パーセントは個人の調査です」

「個人というと」

「たとえば一人の女性の日常です。人からどういう人かをきくのでなくて、どんなところに住んでいて、どんな物を買い、だれとどういう場所で会っているかなどを、細かく……」

「素行調査ですね。調査対象を尾行するんでしょうが、尾行を気付かれたことは……」

「あります。気付かれたために依頼人が分かってしまう場合があります。気付かれたために依頼人から損害賠償を請求されたケースもあります」

「最近の調査で変わったケースはありませんか」

「調査対象は女性ですが、行動が意外だったのが一件あります」

「ほう。あなたが意外だと思ったんなら、調査結果は思いがけないものだったんでしょうね」

野山はズボンのポケットからタバコとライターを取り出し、テーブルの下からガラス製の灰皿を取り出して、自分の前へ置いた。

お手伝いの女性が盆にコーヒーカップをのせて入ってきた。テーブルの端にブルーの花を描いたカップを置き、サイフォンで沸かしたコーヒーを注いだ。湯気とともにいい香りがただよった。まるでカフェにいるような気分になった。いつも来客にはこういうふうなもてなしをしているのだろう。

野山はタバコを灰皿の底にこすりつけると、すぐにまたタバコをくわえた。

お手伝いの女性は物音を立てずに去っていった。

「大阪の人から、東京で会社勤めをしている娘の暮らしぶりを、一週間調べてという依頼でした」

小森は、砂糖を落とさずコーヒーを一口飲んだ。カフェやレストランで出すコーヒーより美味だった。

――調査対象の女性は二十四歳。葛飾区新小岩《しんこいわ》の古いアパートに住んでいた。調査を依頼した父親の話では、娘は東京の私立大学を卒業して、都内の保険会社に就職したということだった。調査を依頼した父親は、娘の日常に一点の曇りでも見たのではなかったか。

その娘の素行調査は月曜からはじめられた。

彼女は自宅アパートを午前九時半に出てきた。ベージュのセーターにグレーと黒のチェックのジャケットに白っぽいパンツ。ベージュの靴は踵《かかと》が低い。バッグはカーキ。一般の勤め人にしては自宅を出る時間が遅い。六、七分歩いて新小岩駅前のカフェへ入った。壁ぎわの席で新聞を二紙、ゆっくり読んだ。一時間二十分後、電車で新宿へ。西口に出て約十分歩いて、トルクトンホテルへ入った。ラウンジのピアノの脇の席にすわった。彼女がオーダーしたものは細長いグラスに透明に近い液体。酒類ではないかと思われた。

二十分後、スーツを着た五十歳見当の男性が彼女の鉤の手の位置へ腰掛けた。彼女は男性に向かってちょこんと頭を下げた。二人は階段を使って二階のレストランへ入った。向かい合ってすわるとメニューに見入った。ビールが運ばれてくると、彼女がボーイに料理をオーダーした。

二人は四十分で席を立った。エレベーターに乗って十六階で降りた。男性が部屋を確保していたようだった。

午後三時十分、二人は一階へ降りてきた。男性がチェックアウトした。男性は正面玄関前でタクシーに乗った。

彼女はゆっくりとした足取りで新宿駅方向へ歩いたが、百メートルほど歩いては立ちどまった。足をとめると空になにかをさがすように上を向いていた。

新宿の東口へ出て、大型書店へ入った。二階へ上がると書籍の棚のあいだを縫うように歩き、本を手にして二、三ページ立ち読みしたが、本を買わなかった。書店の裏側へ出るとカフェの二階へ上がった。コーヒーを飲みながら窓ガラス越しにひっきりなしに人が行き交う道路を見下ろしていた。電話が入ったらしく、窓を向いたまま短い会話をした。

午後五時十分、光沢のいいスーツを着た四十半ばの男性が、彼女の前へ腰掛けた。男性は腕を伸ばして彼女の手をにぎった。二十分ほどで二人は店を出ると、歌舞伎町のあずま通りを抜けて紫色のネオンのラブホテルに入った。

午後八時、二人はホテルを出て、五、六分歩いたところのすし屋へ入った。一時間ほどで店を出てくると、新宿区役所の前で男はタクシーに乗った。その男が乗ったタクシーが走り出す前に、彼女はタクシーとは反対方向へ歩き出した。

彼女は新宿駅から電車に乗って、午後十時十分に新小岩に着いた。コンビニでビールを二本買って、アパートの階段を手すりにつかまって昇った。調査員は要所要所で、彼女と男性を撮影した。

次の日、彼女は窓を閉めきり、窓のカーテンも開けなかった。午後六時半、部屋に灯りが点いた。午後八時まで張り込んだが、彼女は外へ出てこなかった。

三日目。彼女は午前九時二十分に自宅アパートを出てきた。クリーム色のセーターに黒のジャケット。パンツは一昨日と同じ。バッグも靴も一昨日と同じ。

東京駅から東海道新幹線・十時三分発の「ひかり」に乗車。十一時三十六分に浜松で下車。駅前の広い道路をゆっくり歩いて、名浜《めいひん》ホテルのコーヒーラウンジに入った。電話を掛けると笑顔で二分ほど話した。

午後零時十分、四十半ば見当のメガネを掛けた小柄な男が彼女の横にすわった。二十分後に二人でホテルを出ると、三、四分歩いて、うなぎの蒲焼《かばや》きの看板を出している店へ入った。

一時間後にその店を出てくると、二人で名浜ホテルにもどった。エレベーターに乗ると、六階で降りた。

午後五時十分、二人はエレベーターで降りてきた。男性がチェックアウトした。二人は浜松駅方向へ並んで歩いたが、広い交差点で別れた。男性は小走りに去っていった。

彼女は、浜松発十八時二十一分の「こだま」で東京へもどった。東京駅八重洲口《やえすぐち》へ出てタクシーに乗った。後続のタクシーで尾行すると、錦糸町《きんしちょう》駅の近くで降車し、すぐ近くのすし屋へ入った。

四日目。彼女は午前十一時に窓を開けた。好天を確認したのか、窓辺に布団を干した。四十分後、布団を取り込むと窓辺に洗濯物を干した。

午後二時、歩いて五、六分のスーパーマーケットへ行った。買った物は、バナナ、トマト、ジャガイモ、牛肉、缶ビール。

ジーパンに白のスニーカーの彼女は、スーパーで買った物を提げて歩くと空を仰いだ。鳥の群が頭上を旋回しているのを、しばらく眺めていた――

3

小森が野山邸を初めて訪ねて、野山遊介に会った翌々日は日曜で小森は自宅にいた。

妻は昼食の準備をしていたが、電話が鳴ったので応答した。

「あなた、野山さんという方から……」

と、受話器を持って呼んだ。

「野山先生だ」

小森は、野山に自宅の電話番号を伝えていたのを思い出した。

野山は、先日はありがとうとはいわず、

「あなたに会って話したいことがあるんだが、うちへきてくれませんか」

と、押しつけるようないいかたをした。

そのとき小森は、野山は自分勝手で、人のことを斟酌《しんしゃく》しない人間らしいと感じた。

「おうかがいします。いつがよろしいでしょうか」

「きょう、きてくれませんか。夜でもかまわない」

「では、午後四時ごろに」

野山は、待っている、といって電話を切った。

「いまの電話は、野山遊介さんだ」

小森は、台所に立っている妻にいった。

「えっ、あの野山さん」

妻は驚いたというふうに口を開けた。小森は彼女に野山邸を訪ねたことを話していなかった。彼女は野山の長篇小説を十篇以上は読んでいたし、一昨夜は野山原作の「二年後の午後」というサスペンスドラマを観ていた。ドラマを観ながら主演女優の演技をほめてもいた。

小森には男の子が二人いる。十歳と八歳だ。長男には観たい番組があったらしいが、「今夜は二時間、お母さんにテレビを観させてね」といいきかせていた。

小森は午後四時に野山邸の門をくぐった。

その日の野山は、すぐに階段を音をさせて下りてくると、

「どうしても、あなたに会いたくなってね」

といって、黄ばんだ歯を見せた。

その日もお手伝いの女性はサイフォンで立てたコーヒーを出してくれた。

「この前から私は秘書をつとめてくれる人を欲しいと思っていた。関東テレビの立川さんにも話したことがあったが、適当な人を思い付かないらしかった。……で、あなたは、いま勤めているところを辞めるわけにはいかないだろうか」

つまり秘書になってもらえないかと野山はいっているのだった。

小森は返事ができず、白いコーヒーカップをにらんでいた。

「小説家の秘書とは、どんなことをするんですか」

小森は、タバコをくわえている野山の顔に注目した。

「私は原稿を万年筆で書いている。いま手書きの原稿を出版社に納めている作家は、数人しかいないらしい。なのでパソコンで原稿を打ってもらいたい。それを私が読み直して校正する。それから資料だ。どこでいつなにが起きたとか、ある市や町にはどんな産業があるか、なんという景勝地があるのかなどを検索して、書き出す。……取

材が必要になることもある。ある土地の風景を見に行きたいが、旅行をする暇がない。だからそこへ行って、写真をたくさん撮ってきてもらい、風景や、その土地の特産物なども取材してきて欲しい」

小森は、面白いと思った。ときどき風光のよい土地へ旅行もできそうだ。調査事務所の仕事とちがって、調査対象が隠していることをさぐったりする必要はないだろう。

「私がこちらへお世話になった場合、お給料はいただけますか」

「あたりまえじゃないか。……現在の小森さんの年俸はどのぐらいですか」

「四百五十万ぐらいです」

「そう。勤めてくれるんなら、それぐらいは約束する」

小森は、一晩考えるといって野山邸をあとにした。門を出てから邸を振り返った。家事手伝いの女性は、長いこと勤めているように見えた。家族と諍《いさか》いを起こしたことはないのだろうか。野山の妻とは会っていないがどんな人なのかが小森には気にかかった。

野山遊介の秘書をつとめるかどうするかを、一晩考えるといったが、決心がつかず、二日間返事をしなかった。小森から返事がないので野山は、勤める気がないのだろうと、諦《あきら》めたのだろうと思っていた。しかし小森は、どうするかを迷っていたのである。

小森が野山邸へ行った四日目の夕方、事務所を出ようとしたら雨が降っていた。小森は傘を取りにもどろうとしたところへ、頭の上に傘が開いた。野山が傘をさしかけたのだった。彼は小森が出てくるのを張り込んでいたらしい。大流行作家が傘で顔を隠して歩道に立っていた。どのぐらいの時間待っていたのか。

「その辺で、一杯飲《や》りましょう」

野山と小森は、傘のなかで肩を並べた。

野山は、ビルの二階の小ぎれいな料理屋を知っていた。ビールで乾杯すると、

「どうしても、あなたにつとめてもらいたい」

と、野山は切羽つまったようないいかたをした。

小森は、ビールのグラスに目を注いでいたが、

「先生のお世話になることにします」

と、意を決して答えた。野山に見込まれたと感じたからだ。

小森は、調査事務所を今月一杯で辞めることにするので、六月一日から久我山の野山邸へ出勤すると約束した。

小森は、事務所へ電話した。所長の桐島が残っていそうな気がしたからだ。

桐島は事務所にいた。地方出張からもどってくる調査員の到着を待っているといった。

小森は、野山を料理屋に残して事務所へもどった。所長に退職を告げたのである。

「辞めて、どこへ行くんだ」

桐島は小森をにらみつけた。

小森は、野山遊介から秘書をやってくれと頼まれていたことを話した。

桐島は、野山の小説を読んだことはないが活躍ぶりは知っていた。

「どんな人なんだ。野山遊介というのは」

「ちょっと自分勝手なところがありそうですが、詳しくは知りません」

「人柄がよく分かっていない。そういう人の秘書というか助手をつとめる。もしかしたら変わり者かもしれないよ。慎重に考えることだな」

桐島は、考え直せとはいわなかった。

小森は、辞意を告げてから半月、それまでと同じように仕事をし、五月末日、桐島の前に立って、「お世話になりました」と頭を下げた。

「少しだが、受け取ってくれ」

と桐島はいって、白い封筒を差し出した。それから、「野山遊介と気が合わなかったり、気に入ってもらえるような仕事ができなかったら、ここへもどってきなさい。仕事が面白かったら、たまに電話してくれ」

桐島は椅子を立つと握手をした。

小森より一日前に、事務を担当していた女性が辞めたが、新聞に募集広告を出すと、応募者が何人かいた。桐島所長はそのなかから、三十一歳と二十六歳の女性を採用した。その二人はあしたから出勤することになっていた。

小森は、私物を詰め込んだ鞄《かばん》を持った。五人の調査員のうち、二人がレポートを書いていた。そのうちの吉本《よしもと》という三十九歳の調査員が立ち上がって、

「一杯飲りたいんですが……」

といったが、小森は、きょうは急ぐのでといって断わり、握手をして別れた。吉本とは何度か一緒に飲んだことがあったが、酔ってくると愚痴をこぼす癖があった。所長の批判からはじまって、自分の妻の悪口をいう。自宅には女の子と男の子がいるが、中学生の女の子は父親の吉本とは一切口を利かないらしい。吉本に用事があることは母親にいう。母親が用事を吉本に伝えているという。

その愚痴をきいた小森が吉本に、「あんたが口うるさいので、子どもに嫌われるんじゃないか」といったところ、吉本は目尻を吊り上げて、「おれは子どもを教育して

いるんだ。口うるさいなんていわないでもらいたい」と食ってかかった。

調査事務所をあとにして交叉点を渡ろうとしていたら、小森を呼ぶ声を背中にきいた。振り返ると、レポートを書いていた秋津《あきつ》という二十八歳の調査員だった。

秋津は茶封筒を小森に押しつけると、

「もし、お暇ができたら、食事でも一緒に」

といって事務所へ引き返した。

小森は電車に乗ってから、秋津がくれた封筒から便箋《びんせん》を取り出した。それは詫《わ》び状だった。彼は、調査のしかたが足りなかったとき、尾行調査で被調査人に気付かれたとき、所長から叱責《しっせき》を受けた。それを小森は庇《かば》ってやった。それに対しての礼が書かれていて、コンサートの入場券が同封されていた。

4

小森甚治は野山邸へ午前十一時に出勤した。

その日の野山は浴衣《ゆかた》姿だった。二十分後に応接間へ入ってきた。彼は家のなかを案内するといった。機嫌がよいらしく目を細めていた。

応接間の隣が資料室で、棚がいくつも造り付けられ、その棚には書籍だけでなく、封筒に入っている物や、新聞の切り抜きなどが雑然と積まれたり、突っ込んだりされていた。

「あんたの手がすいたとき、なにがどこにあるかが分かるように整理してください」

この前まで小森を「あなた」といっていたが、その日から「あんた」に変わった。

資料室を出ると台所へいった。そこに野山の妻の良子がいた。痩せていて小柄だが、顔色がよくなかった。小森が挨拶《あいさつ》すると、

「よろしくお願いします」

と、手を前で合わせて頭を下げた。

良子の横で頭を下げたのは八重といって、住み込みで家事をしている女性だった。八重は体格がよく、顔色はつやつやしていた。

「家のなかでなにか分からないことがあったら、わたしにおききください」

八重はそういったが、言葉に東北訛《なまり》があった。調理台は大きくて、ぴかぴかに光っていた。食堂のテーブルは楕円《だえん》形の茶色で大きく、端に白い皿が重ねられていた。昼食の準備中だったらしく、調理台の鍋《なべ》から湯気がのぼっていた。

廊下をはさんで三部屋が並んでいた。台所に近いのが八重の部屋だった。その隣が

子どもの部屋だったが、ドアが閉まっていた。

二階へ上がった。書斎はわりに簡素だった。窓はなく壁を向いているデスクはそう大きくはない。デスクにはスタンドが二基のっている。左手の壁に棚があって、そこに辞典類が数冊並んでいた。デスクの中央には四百字詰めの原稿用紙が三センチほどの高さに重ねられ、その上に万年筆がのっていた。固定電話機は鶯《うぐいす》色。赤茶色の灰皿の横にタバコの箱が三つ放り出したように転がっている。書斎の右奥には灰色のカーテンが下がっていてそれが半分開いていた。ベッドが据えられているのだった。野山は毎晩そこで寝るのか、それとも休憩のためのベッドか。

隣室は四畳半ほどの広さで、引き出しのついたテーブルにパソコンがのっていた。サイドテーブルには参考書らしい書籍とプリントした原稿が山のように積み重ねてあった。

「先生がパソコンでお打ちになったんですか」

小森はプリントを見て野山にきいた。

「アルバイトの学生がきていたんだよ。学生だからね、私の書いたものをただ打つだけで、まちがいや辻褄《つじつま》の合わない点を訂正するわけじゃない。あんたは私の補佐なんだから、まちがったことが書いてあったら、どんどん指摘してください」

小森はパソコンの前に腰掛けた。手書きされた原稿を打てということだった。彼は野山の書いたものを見たことがなかったので、書斎にもどってデスクの上を見下ろした。万年筆で書かれている文字にはかなり癖がある。頭に浮かんだ文章を忘れないうちに書くのだからその文字は乱暴だ。五、六行読んでみたが読めない文字がいくつかあった。こういう原稿を読んで打っていた学生がいた。判読するために時間を要したのではないか。それとも読めない字の箇所は空白にしていたのか。

「私は字が下手だから、読みづらいだろ。二、三日で慣れると思うよ」

野山は立ったままタバコをくわえた。

応接間へもどった。

「あんたは、私の小説を読んだことがあったね」

「何冊も拝読しています」

「面白いと思ったものは……」

「どれも引き込まれるほど面白かったですが、強く印象に残っているのは、『十二月の旅人』『紅色の暴力』『はなのみという女』です」

「ふうん」

野山はにんまりとしてタバコの煙を吐いた。

ドアにノックがあって、八重が、

「お昼ができました」

と呼んだ。

小森は食堂のテーブルに野山と並んだ。

「これから昼メシは、こうやってここで食べてもいいし、外へ食べに行ってもいい。ここで食べるときは八重ちゃんに一言」

野山がいったので、小森は八重に、「よろしく」といった。

良子は野山の正面に腰掛けた。顔色はよくないが微笑を浮かべている。

小森の前に並べられたのは、アジの干物、カボチャの煮つけ、漬け物、ご飯に味噌汁。

「小森さんは、いつもお昼はどんなものを」

良子がきいた。

「外へ出る仕事でしたので、たいていはそば屋ですませました」

良子は小森の家族をきいたので、妻と十歳と八歳の男の子との四人暮らしだと答えた。

小森は良子の前へちらりと目を向けた。

彼女はタマゴ焼きを食べ、味噌汁を飲んでいた。干物も煮物も食べなかった。食が細いのは病身だからではないかと想像した。

八重は同じテーブルだが、良子から少しはなれた位置で箸《はし》を動かしていた。しかし彼女の前に干物はなかった。

野山と小森は応接間へ移った。

「新聞に生い立ちからの経歴を七回にわたって書くことになっている。小説家に学歴は関係がないっていわれているが、私のように義務教育しか受けていない者の経歴は、見劣りするような気がする。きのう、一回目の分を書いたから、あとで打ってくれ」

野山はそういってタバコに火をつけた。

八重がコーヒーを運んできた。きょうはサイフォンでなく、カップに注がれたコーヒーだった。

「先生は、長野県の南部のお生まれでしたね」

小森は、野山の著書に付いていた略歴を思い出した。

「公にはそうなっているが、本当は少しちがうんだ。……両親はいまは飯田《いいだ》市になっているが、上村《かみむら》というところの生まれで、幼なじみ同士が一緒になった。あんたは上村っていうのはどんなところか知っているか」

「いいえ。まったく知識がありません。なにか変わった物でも獲れる土地でしょうか」

「霜月祭《しもつきまつり》という湯かけ神事のある遠山郷《とおやまごう》というところだ。総面積の九十七パーセントが山林原野で、傾斜三十度ぐらいのところに小さな家が点々と建っている。そこに住んでいる人たちは二度芋《にどいも》という小粒のジャガイモとせまい茶畑をつくって暮らしている。……私の父は次男だったため、独立しても耕作地を分けてもらうことができなかった。それで、結婚すると、静岡県の清水《しみず》市の新富町《しんとみちょう》へ移った。そこで港の岸壁をつくる工事現場で働いていたらしい。なので正確には私は清水市生まれなんだ」

　野山は深く空気を吸うように胸を張った。

　野山の父は、作業中に大怪我を負ったために働けなくなり、上村へ引き返した。母は村内で養蜂をやっている家の下働きをしていたが、野山が四歳のとき、父が死亡した。飯田市内に病院はあったがそこへかかることができなかった。

「お母さまは、どうされましたか」

　この家に住んではいないようなので小森はきいた。

「上村に独りで猫と暮らしている。いま七十四歳。老人ホームに入るのを嫌だといって、二度芋づくりをして、毎年ここへ送ってよこしている」

「先生は、たまにはお母さまのようすをうかがいに行かれるんですね」

「年に二回は行っている。今年は三月に行ったんだが、若い女性がいて、家事をやっていた。どういう人なのかを母にきいたら、週に一度はくるようにと頼んでいるといっていた。その女性は、飯田市内に住んでいるが、母の家に一泊して帰るらしい」

野山は、なにかを思い出したらしく、瞳をくるりと回転させた。

「何年ものあいだ忘れていたことを思い出した」

といってタバコをくわえると、天井を見たり首をまわしたりした。

「何年も前のことですか」

小森は話を促すようにきいた。

「私が小学生のときだった。夏休みだったが、母に連れられて浜松《はままつ》へ行った。なんていう町だったかは憶えていないが、女の人だけが何人もいる家へ泊まったんだ」

「女性が何人も……。お母さまのお知り合いの方の家……」

「何年も経ってから母にきいたら、それは母の妹の家で、妹は芸者置き屋をやっていたんだ。憶えているのは、夕方近くになると一階の廊下に鏡、鏡台というやつだ。それが四つも五つも並ぶ。上半身を丸出しにした若い女が鏡台の前へすわって、化粧をはじめる。私はそれを部屋の隅からじっと見ていた。部屋には白粉《おしろい》の匂いがしていた。それはいい匂いだったような気がする。……女たちはきれいな着物を着はじめる。そのとき、蹴出《けだ》しのあいだから白い腿《もも》がちらちらのぞいた」

「先生とお母さまは、そのお宅に何日か滞在なさっていたんですね」

「そう。夏休みだったからね。私は女たちが裸の背中を見せて、鏡台に向かっている夢を、何度も見た記憶がある。……いまあんたにきかれて、浜松のその家のことを思い出した」

「叔母さまは、いまはどうなさっていますか」

「三年前に病気で亡くなった。母は浜松での葬式のあと、ここへ寄って、二晩泊まって行った。ほかにきょうだいはいなかったんで、寂しそうだった」

「お母さまは、こちらへはお住まいにならないのですか」

「上村が好きなんだよ。不便な場所なんだけど、母の口から不便という言葉をきいたことがない。……夜は手の届くほどの近さに星が輝いてみえるところだ。母は毎晩、星に向かって手を合わせてから寝るらしい」

　小森は、上村というところへ連れていってほしいと思ってそれをいうと、野山は、来月は母の機嫌うかがいをするつもりだから一緒に行こうといった。

「いつも列車で行かれるんですか」

「いや。飯田線はちょこちょことまって長いので、好きじゃない。車を運転してゆっくり行く」

野山は自分の経歴を話すつもりだったのを思い出し、十六歳のとき、上村の家を飛び出したのだったと語りはじめた。

彼は中学を卒《お》えると、歩いて一時間ほどの製材所へ就職した。自分から望んだ就職先ではなかった。卒業式の翌日、母と一緒に歩いてその製材所へいった。そこは丸太を挽《ひ》く機械鋸《のこ》の音をさせていた。せまい事務所で主人に面会した。住み込みでもといわれたが、通勤すると答えた。

そこの庭には丸太が山のように積まれていた。そのなかから製材する丸太を選んで、機械場へ運ぶのが仕事だった。製材所には従業員が何人もいて、野山のことを、「坊や」と呼んだ。トラックの荷台に乗って、山から出した丸太を積んでもどった日もあった。丸太のあいだに足をはさまれ、痛い思いをしたこともあった。一日中外に出ているので、夏は陽に焼けて真っ黒になった。通勤の途中、学校で同級だった者から、黒い顔を笑われたりもした。

製材所に通って一年近くなった。急にそこへ通うのが嫌になった。それを母に話すと、「働くには辛抱が要るんだ。みんな辛抱して働いているんだよ」と諭《さと》されたが、「嫌だ。あそこへは行きたくない」といって、細く降る雨を眺めていた。

次の日の朝、野山は飯田から電車に乗った。母には遠方へ行くことを告げなかった。岡谷《おかや》に着いた。職業安定所へ行き、働くところをさがしているといった。紹介されたのは、建設機械の部品を製造している工場だった。そこには寮も食堂もあった。面接に行くと、明日からでも勤めてもらいたいといわれ、工場内を案内された。従業員は約四十人いることが分かった。鉄を削ったり、穴を開ける機械を彼は初めて近くで見て、その作業は面白そうだと感じた。

彼はその会社に勤めることにし、寮へ入った。二人部屋で、同じ部屋に起居している男は二十六歳。顔の大きい太った旋盤工だった。口数は少ないが、話すときはにこにこしていた。木寺《きでら》という姓で、県内の北端の町の出身だが、岡谷の工業高校を卒業しているといった。

木寺は、工場での作業を終えると風呂に入り、夕食を摂ると、寮の自室で読書をはじめる。読んでいるのは小説だった。野山は木寺から好きな小説家の名をきいた。それは中山義秀《なかやまぎしゅう》、火野葦平《ひのあしへい》、石川達三《いしかわたつぞう》。その三人のほとんどの作品を読んでいるし、読み返している小説もあるといっていた。

野山は、小学生のとき童話を二、三冊読んだだけだった。

木寺は、「読みたかったらいつでも」といって段ボールの箱の蓋《ふた》を開けた。そのなかには分厚い本も文庫本も入っていた。「読んでみます」と野山はいって、火野葦平の「黄金部落」という小説本を手に取った。意味の分からない部分があって、なかなか読みすすめなかったが、三晩かかって読み終え、「面白かった」と木寺にいった。次に「麦と兵隊」と「糞尿譚」という小説を読んだ。毎晩、読んでいるうち読みかたが速くなったのが分かったし、作家が伝えようとしている意味が理解できるようにもなった。

野山は上村に残してきた母に手紙を送った。仕事は面白いし、会社の食堂のご飯はおいしいし、寮の同じ部屋にいる人は親切で、読書を教えられていると書いた。

二週間ばかりすると母からエンピツで書いた手紙が届いた。「どこにいてもげんきならいい　人とけんかをしないように」とゆがんだ字で書いてあった。

岡谷の会社には約六年勤めていた。その間に木寺は、親戚《しんせき》の人が経営している会社から誘われたといって、退職した。彼が移った会社は東京の大田区にあった。一年後、木寺が手紙をよこした。社員は百人ほどの会社だが業績はいい。もしよかったら東京で働かないかと書いてあった。

四、五日考えた。東京はテレビでたびたび観るだけで、行ったことはなかった。野山は振り返ってみると、都会らしいところは松本市しか知らなかった。
彼は東京へ出ることを決意した。母に東京へ行くことを知らせたら、遠くはなれていくので寂しいというだろうと思った。だが、いったん思いつくと後に退けない性格の彼は、同僚だった三、四人に岡谷駅で見送られて新宿へ向かった。車内で読むために文庫本を持っていたが、開かず、車窓を流れる風景を見つづけていた。

木寺は新宿駅のホームで出迎えてくれた。木寺はメガネを掛けていて、岡谷にいたときよりも痩せていた。電車を二度乗り換えて、工場の裏側に建つアパートに着いた。部屋に手荷物を置くと木寺は近くの料理屋へ誘った。

岡谷にいるときは知らなかったが、木寺は酒を飲んだ。野山のために、これから勤める会社のことを話してくれるものと思っていたら、小説の話をはじめた。何人かの現代作家の名を挙げ、「どいつもこいつも、子どもだましのようなものを書いている」とこき下ろした。一年ばかり会っていなかったのだが、木寺は変わっていた。にこにこしながら話し掛けていた木寺ではなくなっていた。彼は岡谷から東京へ移った半年後に結婚した。が、三か月と経たないうちに離婚していたことが分かった。離婚の原因を野山はきくことはできなかった。

工場で野山に与えられた仕事は金属の研磨作業だった。油を使うので手も作業衣も黒くなり、油の臭いがからだにしみ着いた。

木寺は検査係をしていて、ときどき野山の仕事に注意を与えにやってきた。

木寺は週に一度は野山を料理屋へ誘って、酒を飲んだ。野山も酒を覚え、一年も経つと日本酒を一合ぐらいは飲むようになった。

野山が東京へきて三年目の十二月三十日の夜、アパートのドアを激しく叩く人がいた。ドアを開けると彼より一歳下の同僚の男が、「木寺さんが怪我をして、病院へ運ばれました」といった。木寺は料理屋で飲んで帰る途中、酒に酔ってふらつきながら歩いているうち、走ってきた車にはねられた。救急車で病院に収容されたが、重態だといわれた。野山は病院へ駆けつけた。手術室から廊下に出てきた医師に、「残念でした」と頭を下げられた。野山はめまいを起こし、廊下へ膝をついた――

「おかしいんだよね」

野山は、木寺という男が死ぬまでを話すと、額を撫《な》で、急に小説を書きはじめたのだといった。それまでは著名作家の小説を読むだけだったが、急に物語を書きたくなり、大学ノートにボールペンを走らせた。

「最初にお書きになった小説は、どういったストーリーだったんですか」

「妻と一緒に山に登ったが、泊まった山小屋で、妻から離婚をいい出される。夫は、なぜこんな場所でそんなことをいい出すのかと怒ったし、離婚は承諾できないという。次の日、下山の途中に夫は岩場で足を踏みはずして、転落死する。妻は警察に、下山中、過《あやま》って転落した旨を話す。警察は登山にありがちな遭難死として処理したが、数日後警察に、あの遭難は殺人です、という電話が入る、という筋」

「ミステリーじゃないですか」

「まあそうだ」

「なぜ急に小説を書きたくなったんでしょうか」

「分からない。なにか突き上げてくるものがあって、ペンを持つと、物語が書けたんだ」

「その小説はどうされましたか」

「五十枚ぐらいの短篇にするつもりだったが、殺人だというところで、ツマってしまい、その先を書くことができなくなった。だが、作家になって、短篇集を出すとき、書きかけになっていたその小説を思い出して、殺人を立証させて、七篇の短篇集のなかへ入れた」

小森は、その小説をぜひ読みたいというと、野山はにこりとして、資料室の棚に挿してあるので、いつでも読んでくれといった。

5

小森はパソコンに向かった。

野山は自分を悪筆だといったがそのとおりで、右肩上がりで角ばった文字は読みづらかった。

その小説は月刊誌に連載している推理ものだった。犯人の男はある女性を名指して、立てこもっている家へ連れてこいと要求していた。住宅街の一軒の家を取り囲んでいる警察官のうち幹部の数人が、犯人の要求どおりに、一人の女性を現場へ連れてきていいものかを話し合っている場面だった。幹部のA、B、Cの意見はまとまらず、本部にいる幹部に電話したが、妙案をきくことはできずにいる、となっていた。

午後五時をすぎた。それまでに電話が二回鳴った。会話はきこえなかったが、一度だけ野山は声を上げて笑った。

小森は思い付いた。きょうは午前十一時に出勤したが、毎日、同じ時刻でいいのか。

そして何時までこの家にいるのかを決めていないのだった。調査事務所は原則的に土曜と日曜は休みで、ごくたまに土、日にやらねばならない調査があった。

六時まで待とう。そうしたら、帰ってよいかをきくことにしようと思い、パソコンで打ったものを読み直していた。

書斎との仕切りのドアが三つ鳴った。小森はドアを開け、「お呼びですか」ときいた。野山は右手に孫の手を持っていた。それでドアを叩いたらしい。

「きょうは初日だ。記念の日だ。外で食事をしよう」

と、野山は大袈裟《おおげさ》ないいかたをした。

家族を連れていくのかと思ったら、小森だけだという。

一階へ下りると食堂から話し声がきこえてきた。男の声がまじった。二人の息子が、八重と話しているようだ。

小森は食堂へのドアを開けた。柴犬が床に上がって尾を振っていた。彼は椅子に腰掛けていた二人の息子に挨拶した。そのとき光洋は十八歳で大学生、忠太は高校生だった。小森は二人に頭を下げたが、二人とも椅子にすわったままで、小森をにらむような目をした。

野山と小森は、神田川が見えるところで拾ったタクシーで吉祥寺へ行った。駅前の繁華な場所から少しはなれた料理屋へ着いた。その店を野山は贔屓《ひいき》にしているようだった。

「あんたは、酒を飲めるほうなの」

「少しは」

じつは小森は日本酒が好きで、ほとんど毎晩二合ぐらいは飲んでいた。

「私はこの店では、北雪《ほくせつ》しか飲まない」

「佐渡の酒ですね」

「そう。佐渡へ行ったときに飲んで、それ以来、どこの店へ行っても北雪はあるかって、きいている」

「私も同じのを」

二人はビールで乾杯してから日本酒をもらった。

ハモの皮焼きとアユの燻製《くんせい》が旨《うま》かった。野山は、週刊誌に連載をはじめる作品の題材が決まっていないといって、タバコの煙を吐いた。いくつかヒントを書いてみたが、気乗りしないのだといって眉間《みけん》に皺《しわ》を立てた。

「推理小説ですね」

「そう。人目のない海で女を殺した男を主人公にするというのもヒントのひとつで、舞台をどこにしようかと迷っている」

　小森は、日本酒の二杯目を頼むと、

「山を主な舞台にするのはどうでしょうか。さっきお宅でうかがった、遭難に見せかけた殺人のストーリーをいま思い出したんです」

「私は、本格的な登山をしたことがないので、高い山の描写をうまく書けない。あんたは高い山に登ったことがあるの」

「あります。何回も」

「じゃ、山の描写を教えてもらえるね」

　野山はそういうと、ジャケットの内ポケットからボールペンをはさんだノートを取り出した。ヒントが浮かんだらしい。彼は常に、頭に浮かんだことをメモしているのだろう。酒を飲んでいても仕事を忘れることができないにちがいない。小森は、流行作家の正体を見たような気がした。

　野山はペンをはなさなかった。二ページにも三ページにも書きつづけた。食事にきていることを忘れてしまっているようでもあった。左手でタバコに火をつけた。一分ほど目を瞑《つむ》る。目を開くとまたペンを動かした。まるで書斎で執筆しているようだ。十五、六分経って、食事をしていたことに気付いたように顔を上げた。

「北アルプスに登ったことがあるんだね」

「はい。北アルプスには南部にも北部にも登っています」

「南部っていうと……」

「槍《やり》ヶ岳《たけ》や穂高岳《ほたかだけ》が南部で、北部は後立山《うしろたてやま》といって白馬岳《しろうまだけ》や鹿島槍《かしまやり》ヶ岳《たけ》などがある山脈です」

「毎年、遭難の記事が新聞に載る山だね」

野山はまたペンを拾い上げた。今度は五分ほどでペンを置いた。

「何年か前に、上高地《かみこうち》へ行こうと編集者と日程を立てた。ところが台風がやってくることが分かって、その計画は取りやめになった。だから上高地から穂高を眺めたこともないんだ」

「では仕事の区切りがついたら、上高地へ一緒に行きませんか。穂高を眺めながら梓川《あずさがわ》沿いを歩くのもいいと思います」

「梓川か。きれいな流れらしいね」

「きれいです。水を飲みにくる鹿に出会えることもあります」

「そうか。あんたの話をきいていると、すぐにでも行きたくなる。上高地には帝国ホテルもあるよね」

野山は、指にタバコをはさんだまま目を瞑った。眠気が襲ってきたらしい。舟を漕《こ》ぎはじめたので、小森は火のついたタバコをそっと指からはずした。野山は椅子の背に寄りかかると首を折った。酒は好きらしいが強いほうではなさそうだ。

小森はお茶漬けをもらった。野山は軽いいびきをかいていた。

小森は、開いたままになっている野山のノートを手に取った。読みにくい文字が横にぎっしり書かれていた。それは八ページにおよんでいた。

店の人に、野山はいつも料金をどうしているのかときくと、「お勘定書きをお送りしますので」といわれた。タクシーを呼んでもらって、自宅に着いたが、野山は死んだように動かなかった。

インターホンで家人を呼んだ。八重が出てきた。彼女は野山を、「よいしょ」といって背負い、食堂の椅子にすわらせた。食堂には忠太がいてテレビを観ていた。酔い潰《つぶ》れている父親を彼は冷たい目で見ていたが、テレビを消さずに食堂を出ていった。午後十時をまわっていた。妻の良子は食堂へ入ってこなかった。

翌日、午前十一時に出勤し、資料室から野山の短篇集を抜き出した。書斎の隣の控室で読むつもりで階段を昇った。なんとパジャマ姿の野山が、原稿用紙に向かってペンを走らせていた。小森が朝の挨拶をすると、「おう」といっただけで顔を上げなかった。ゆうべ料理屋で酔い潰れたことなど憶えていないようだった。

三、四十分経つとドアに小さなノックがあった。野山が孫の手で叩いたのだ。

「週刊誌には山岳ミステリーを書くことにした。……単独で山に登った男が、下山予定をすぎても下ってこないし、家族に、下山予定が遅れるとの連絡もない。一日待ったが、やはり連絡がない。家族は男に電話をしてみたが、電波の届かないところにいるからか、通じなかった。そこで家族は所轄の警察に相談する。所轄は男の登山地を管轄する警察に連絡する。そこまでが連載の一回目だ」

野山は一度目をこすったが、いきいきした表情をして語った。山岳ミステリーは小森の話から発想したのだとはいわなかった。それと昨夜は料理屋で酔い潰れたことも口にしなかった。ひょっとすると、吉祥寺の料理屋へ行ったことさえも憶えていないのではないか、と小森は疑った。

「お昼ですよ」

階下から八重が呼んだ。

週刊誌の連載の一回目は、山岳遭難のはじまりの場面だが、それはありふれた描写になるだろうと小森は想像した。

野山と小森は、八重に呼ばれてから二十分ほどして食堂へ下りた。

良子がいなかったので、

「奥さまは……」

と小森が八重にきいた。

「病院です。いつも混んでいるようですので、お帰りは午後の二時すぎになるでしょうね」

八重はお茶を飲みながら佃煮《つくだに》をつついていたが、良子の健康状態がどうなのかを口にしなかった。八重は、病院はいつも混んでいるようだといったのだから、良子はたびたびか、定期的に通院しているにちがいない。

「山に登ったきり帰ってこない男の捜索が警察によってはじめられた。だが、一回目はなにも見つけることができなかったところで終わる」

野山は黄色のタクアンを嚙《か》みながらいった。食事をしながら連載小説の筋を練っているのだった。

「先生。その男の登山届けが登山基地に出ていたというほうがリアルだと思います」

小森は白いご飯を一口食べた。自宅の炊き方よりやわらかだった。

「そうか。そうでないと、男がどこに登ったかが分からないものな。登山基地には、届けを受け付けする人が常駐しているのか」

「いいえ。登山届けを投げ込んでおく函《はこ》が置かれているだけです。事故が発生した場合、警察なり山岳遭難救助隊なりがそれを見るんです。届けには、氏名、年齢、住所、登山地、入山の月日、登下山ルート、人数などを記入することになっています。私は北アルプスの例しか知りませんが、登山届けを投函して入山する人は、全体の半分以下だそうです。ですから、山に登ったが下山予定をすぎても帰ってこないと警察に相談しても、どの山へ登ったか不明というケースもあるんです」

「じゃあ、今度書く小説では、単独だが登山届けをちゃんと出していることにしよう。登山地はどこがいいかな」

「登山のベテランか、年に一度ぐらいしか登山をしない人かによって、登る山と時季と行程にちがいがあります」

「そうだな。毎年一回。秋九月がいいかな。大学生のときから登っていて十年の経験者。何年か前までは一緒に登っていた友だちがいたが、三年前からは単独で登るようになった。友だちを誘ってはいるが、仕事が忙しくて休めないといわれるので、単独山行になった。……登山地をどこにしようかな」

人気があって広く知られている山がいいのではないか、と小森がいうと野山は、

「やっぱり北アルプスがいい。南アルプスにしようかと思っていたが、北に比べ南は地味な印象がある」

といって、タクアンをいくつも食べた。

ミステリーなのだから謎が必要なのではときくと、

「山岳救助隊が二日間さがして、山中で男の上着だけを発見する。だが、本人は見つからない」

野山はタクアンを噛む音をさせ、箸をペンのように動かした。

第二章　時代おくれ

1

小森が野山邸へ出勤しはじめて二か月ほど経ったある日、野山遊介は前夜帰宅しなかったことを知った。

小森はいつもどおり出勤してそれを八重からきいたのだった。それまでに帰宅しない日があったのかを八重にきくと、取材旅行以外にはなかったといった。

野山は酒に酔うと眠ってしまうことがある。昨夜も飲みに出掛けたのではないか。

「そうです。きのうは小森さんがお帰りになってすぐ、『ちょっと出掛けてくる』とおっしゃって……」

八重は、どこへ行くのかなどきいたことがないという。

「先生の服装は……」

「昼間はTシャツ一枚でしたけど、ブルーのポロシャツを着て出掛けました。あ、思い出しました。茶色のショルダーバッグを提げて、門のところまで追いかけていったアキタの頭を撫《な》でていました」

　アキタというのは秋田県で生まれた犬のことだ。野山はたまにアキタを連れて散歩する。近くの稲荷神社を一周して三十分ぐらいで帰ってくる。犬を飼いたいといったのは忠太だったが、彼は日曜以外は散歩させない。ほぼ毎朝、アキタと一緒に小一時間歩いているのは良子だという。

　その良子は外にいた。小森は応接間のガラスを開け、「お早うございます」と良子にいった。

「お早うございます。暑いのにご苦労さま」

　そういった彼女は白い帽子をかぶり、手袋をはめていた。庭の草むしりをしているのだった。

「草って、伸びるのが早いのね、とってもとっても、すぐに生えてくる」

　彼女は黒い岩の脇にしゃがんだ。

「珍しい草も生えているでしょ」

「そう。細い蔓《つる》が植木に巻きついてるの」

「野鳥が運んでくるんです」

「そうなの。去年までは生えていなかったのに」

岩の陰からアキタがあらわれて地面を嗅《か》いでいる。

小森は庭へ出ていった。良子が蔓を引っ張っているのは［ヘクソカズラ］という嫌な臭いのする草だった。

良子は、夫が昨夜帰宅しなかったのを知っているはずだ。小森はそれに触れずに屋内へもどった。

「きょうは、奥さまのご希望でパスタですよ」

八重が白い皿にパスタを盛っているところへ、

「いい匂いがするな」

と、野山がぬっと入ってきた。八重は、「ひゃっ」といった。良子が食堂へ入ってくると、

「お帰りなさい」

といってから、顔の前で手を振った。嫌な臭いがするといって、顔をしかめた。

小森も野山の汗の臭いと、野菜が饐《す》えたような匂いを感じた。

「ゆうべは、橋の下をねぐらにしているホームレスの男と一緒に、メシを食ったし、酒を飲んだ」

「あなた、シャワーを浴びてきて」

良子は鼻をつまんだ。


昼食をすませて書斎へ上がった野山に小森は、昨夜は橋の下でホームレスの男と飲酒していたというが、知り合いなのかときいた。

「いや、ゆうべ知り合ったんだ。ゆうべは新聞社の人と新宿で飲んで、その人と別れて新宿駅の近くでタクシーを拾おうとしていたら、歌声がきこえてきた。その声はガード下からだと分かったんで、近づいてみたんだ。そうしたら暗いガード下で声を張り上げていた。きいているとその歌はじつにうまい。それで声を掛け、なぜそんなところでうたっているのかときいたんだ。……その男は四十半ば見当。明るいところで見たら、汚れた物を着ていて、無精髭《ぶしょうひげ》も伸びていた。ひと目でホームレスだと分かった」

「なぜ、ガード下でうたっていたんですか」

「ガード下なら、人の迷惑にならないだろうと思ったらしい」

野山はホームレスの男に、どこに住んでいるのかをきいた。すると、ねぐらは多摩川の橋の下だと答えた。話し方をきいていると長期間ホームレスをやっている人ではなさそうだし、歌のうまさからみて、歌手くずれなのかもとも想像した。食事をしているのかときくと、「今夜は少し食べた」といった。

コンビニでビールを買って、新宿駅西口のデパート前の椅子《いす》に腰掛けて飲んだ。ビールはうまい、飲むのは久しぶりだといった。多摩川までは遠いからタクシーで送ってあげようといって、ふたたびコンビニに入ってビールとにぎり飯を買い、タクシーを拾った。運転手は窓を全開した。

橋の下のねぐらには毛布が二枚、きちんとたたまれていた。毛布の上にすわって向かい合うと、「あんたは北海道の出身ではないか」と野山はきいた。

「分かりますか」

「北海道の人を知っているからね」

まだ若いのに、なぜこんな暮らしをしているのかと野山は懐中電灯のなかできいた。

「小さな事業をやっていたんですが、急に仕事をするのが嫌になって、逃げ出してきたんです」

「事業とは、どんな」

「札幌でスナックをやっていました」

「すすきので……」

「ええ。端っこのほうで」

「女のコを使っていたんでしょ……」

「ええ」

「なにが嫌になったの……」

「毎晩、客に酒を飲ませて、歌をうたわせているだけです。それの繰り返しに飽きてきて、夕方、店を開けて店のなかの臭いを嗅ぐと吐き気をもよおしそうになったんです」

「家族は……」

「一度、結婚しましたが、三年ばかりで別れました」

「離婚の原因は……」

「結婚した女は、ヤキモチ焼きで、私が店の女のコと出来ているんじゃないかって、疑ってばかりいたんです。私は腹を立てて顔を殴ってしまった。そうしたら、私をじっとにらみつけ、夜のうちにいなくなりました」

「子どもは……」

「女の子が一人。岩見沢《いわみざわ》の私の両親のところにいます」

その女の子はいま十一歳だといった。

「両親は健在なんだね」

「父は六十八歳です」

その男はなにか目的でもあって新宿へきていたのか、と小森は野山にきいた。

「とことこと歩いているうちに、新宿に着いたっていってたが」

「その男、ほんとうにすすきのでスナックをやっていたんでしょうか。ほんとうにスナックの経営が嫌になって、店を投げ出してきたんでしょうか」

小森は首をかしげた。

「ちがうんじゃないかっていうのか」

野山は赤い目をこすった。

「スナックの経営が嫌になって、店をたたむ人はいるでしょうが、店の経営を放棄しただけでなく、東京へきて、ホームレスになった。東京へ出てきたのには、なにか事情がありそうな気がするんです」

「私は、男のいうことを真に受け、なんの疑問も持たなかったっていうんだな」

野山は細い目をした。

「先生は、歌のうまい男がホームレスになった事情を知りたくなったので、その男の話を真剣にきいてあげたんでしょう」

「まあそういうことだが……。私は観察が甘かったといいたいんだろ」

「いいえ。その男の話に引き込まれたということでしょう。……その男を、私は見たくなりました。ねぐらの橋はどこでしたか」

「新二子橋《しんふたごばし》だった。……あんたは、そこへ行ってみたいのか」

「先生と一緒に行ってみましょう。もっと深い事情をきくことができるかもしれません」

食事をしたので眠くなった。二時間ばかり眠ると野山はいって、ベッドに入った。


野山は二時間あまり寝ると、孫の手でドアをノックした。

「あんたにいわれて、ホームレスの男の話が気になった」

野山は服装をととのえると、食堂でコーヒーを飲んだ。

車は小森が運転する。野山は助手席に乗ると、すぐにタバコに火をつけた。一本吸い終わると目を瞑《つむ》った。昨夜、寝ていないので眠り足りないのだ。

新二子橋に着いた。玉川の堤防上に車を置いて川への階段を降りた。

「あれっ」

野山が声を上げた。ゆうべそこで、あぐらをかいて向かい合っていたという毛布がなくなっていた。ビールの缶が四つコンクリートの上に並んでいる。タバコの吸いがらも落ちている。野山とホームレスの男が話し合っていたという痕跡《こんせき》である。

「なぜいなくなったのか……」

野山は橋の底である天井を見上げた。

「逃げたんじゃないでしょうか」

「逃げた」

「先生に話をしたので」

身元が知られそうだと気付いて、ねぐらを変えたのではないか。

「先生は、その男の名をききましたか」

「きかなかった」

「すすきのでやっていたという店の名は」

「それもきかなかった」

逃げたのだとしたら、なにかの犯罪に関係しているのではないか。

「小森君」

野山は珍しく名を呼んだ。「あんたは調査マンだったよね」

「はい」

「すすきのへ行って、スナックをやっていたのに、店を放り出すようにして、どこかへ消えた男がいたかを、調べてくれ。その男の店をさがすヒントが一つある。歌が抜群にうまい」

「行ってきます」

すすきのに、そういう男がいたかどうかが分からなくても、小説のネタにはなる。きのうまでホームレスの男がねぐらにしていた橋の下を、カメラに収めて久我山へ帰った。

野山は階段を駆け上がると、すぐに原稿用紙に向かった。雑誌への短篇小説を書きはじめたことが小森には分かった。

午後六時を十分すぎた。

「あしたは札幌へ行ってきます」

「おう、頼む。岩見沢に両親がいるというのは、ほんとうのような気がする。参考にしてくれ」

野山はそれだけいうと、原稿用紙に目をすえた。

小森が門を出ようとしたら、放し飼いになっているアキタが追いかけてきた。小森はアキタの首に綱を結んで散歩に出掛けた。救急車がサイレンを鳴らして目の前を通過した。風のない蒸し暑い夜になりそうだった。

2

小森は次の朝、羽田から新千歳空港へ飛んだ。電車で札幌へ行き、地下商店街を歩いて、以前何度も食事をし、マスターとも親しくなったレストランへ入った。正午前だったので店はすいていた。マスターが出てきて、「きょうは札幌も暑いです。今度もご出張ですか」ときいた。

「すすきので調べたいことがあるんです。……最近のことだと思いますが、スナックを経営していた男が店を放り出してどこかへ消えた。そういう男がいたかどうかを知りたいんです」

小森がいうと、すすきのでの出来事なら知らないことはないという人にきいてみようといった。

水を飲みながら辛いカレーを食べていると、マスターがやってきて、

「花房《はなぶさ》という人ですが、三十分もするとここへきます。小森さんの話に心あたりがあるようです」

店が混んできた。小森は窓ぎわの席へ移ってコーヒーを頼んだ。

花房は太った丸顔で、頭は光っていた。六十をいくつか出ていそうだ。彼は「はなぶさ商店」といって、飲み屋に食器類やつまみを売っているのだという。

小森は肩書きのない名刺を出し、小説家の秘書をつとめているのだと自己紹介した。

「小説家というのは、みんな秘書を使っているんですか」

花房は小森の名刺を持ったまま きいた。

「私のような秘書を使っている人はごく稀《まれ》だと思います」

「小森さんは、なんていう先生の秘書ですか」

隠す必要はないと思ったので、野山遊介だと答えた、

「知っています。最近も野山遊介さんの面白い小説を読みました。……三度結婚して三度別れた、どうしようもないあばずれ女が、ガンを病んで死ぬ話でした。その女の臨終が近づいているのを知った三人の元夫が、女の枕辺へ寄ってきて、彼女の名を呼んで、たがいに女の手をさする。女は息を引き取る瞬間、男たちに礼をいうように笑顔を見せるというちょっと滑稽《こっけい》な話でしたが、その場面を読んで私は、涙ぐんでしま

いました。女が哀れというより、男たちが置き去りにされたように寂しくて、小説を読んでいるというより、あばずれだが美しい女の最期を、実際に見ているような気になったものです」

小森もその短篇小説を読んでいた。たしかに最後の場面は胸を締めつけられる思いがする。

小森は、野山に代わって花房に頭を下げた。

経営していたスナックを放り出して、行方知れずになっている男に話を移した。

「去年の涼風が立ちはじめた九月のことです。鹿久保和也《しかくぼかずや》という男がやっていた[紫《むらさき》]というスナックに勤めていたことがある女が、睡眠薬を服《の》んで死にました。警察ははじめ自殺とみたようですが、その女と同居していた紫のホステスが、いなくなったんです」

「いなくなった……」

小森はノートにペンを走らせた。

「つまり家出です。身のまわりの物だけ持って住所のマンションを出て行ったようです。それを知った警察は、出て行った女が睡眠薬を服ませたんじゃないかと疑って捜査をはじめたが、どこへ消えたのか分からない。それから一か月ほど経ったある日、紫のマスターの鹿久保が店へ出てこないし、連絡が取れなくなったんです。実家は岩見沢で、両親がいるらしいが、息子の行方については知らないといっているようです」

「鹿久保和也は何歳でしょうか」

「たしか四十二か三だと思います」

小森は、野山からきいたホームレスの男の歳格好を思い出した。その男は鹿久保和也にちがいない。

「鹿久保がやっていた店はどうなりましたか」

「以前から勤めていたかつ美《み》という女がやっています。かつ美は、女のコを何人か使っているようです」

はなぶさ商店は紫へも商品を納めている。一郎《いちろう》という息子が、男と女の従業員を使って注文に応じているという。

小森と花房は夕方になるのを待って、一緒に紫へ行ってみることにした。

歓楽街であるすすきのの夜の人口は約八万、飲食店数は約三千五百だという。

スナック紫はすすきのの交差点を左折して二百メートルほどのビルの三階にあった。

隣のビルの二階にはすすきの一の高級店といわれている「クラブ吉祥《きっしょう》」が入ってい

ると花房がいった。

「クラブ吉祥は、いい物を買ってくれるうちの大事な得意先なんです」

花房は先に立ってクリーム色のドアが開いている紫へ入った。すすきのではたいていのスナックやバーは、ドアを開いたままにしている。

「いらっしゃいませ」

と、複数の女性の声がした。

カウンターのなかで三十半ばに見えるかつ美というコが花房に笑顔を向けた。酒場はこれからという時間帯で、ボックス席に三人連れが一組いるだけだった。三人は内緒話をしているように声が小さい。かつ美の話では、これから出勤してくるコが二人いて、ホステスは全部で五人になるという。

花房と小森はカウンターに並ぶとウイスキーの水割りを頼んだ。コースターには仔豚が描かれていた。

「クスリを服んで亡くなったコは、なんという名だったか」

花房がかつ美にきいた。

「長《なが》尾《お》典絵《のりえ》さんです」

「一緒に住んでいたコは」

「川澄満利《かわすみまり》」

かつ美は呼び捨てにして、不機嫌な表情をした。

長尾典絵は一昨年の春まで紫に勤めていたが、体調を崩したのを機に辞め、昼間の会社勤めに専念していた。会社は左官工事の工務店で、事務員は典絵だけだった。死亡したとき二十六歳だったとかつ美はいった。

「典絵さんは北見《きたみ》の出身でした。北見と比べたら札幌は暖かいっていっていました。色が白くて透きとおるようなきれいな肌をしていたので、お客さんからよく、頬をつつかれていたのを憶えています」

かつ美は典絵とは仲よしだったらしい。

典絵より一か月ばかりあとで紫へ入った川澄満利は、典絵と相談して二人で住むマンションを借りた。満利は昼間は地下街のカフェに勤めていた。

「典絵さんと満利は、仲がよさそうでしたけど……」

かつ美が薄く染めた髪に手をやった。

「一緒に住んでたんだから、仲よしだったんだろ」

花房はグラスの氷を鳴らした。

「ですけど、典絵さんが亡くなったら、すぐいなくなったじゃないですか。警察は、

「満利がクスリを服ませたにちがいないっていっています」

「新聞にも、その可能性が考えられるって書いてあった」

「マスターの鹿久保さんがいなくなったのは、典絵さんが死んだ一か月ぐらいあとだったな」

「そう。十月半ばでした」

「鹿久保さんは、あんたになにかいってたんじゃないのか」

「いいえ。なんにも。マスターは月に一日ぐらい店へ出てこないことがありました。二日つづけて出てこないので、具合が悪くて起きられないんじゃないって思ったので、電話したんです。そうしたら、電源が切られていたんです。ヘンだと思って、次の日にも電話したら、やっぱり通じませんでした。それで私はマスターのマンションの部屋を見に行きました。インターホンに応えはないし、ドアに鍵《かぎ》が掛かっていました」

「あんたが、警察に連絡したんだったね」

「部屋のなかで倒れているんじゃないかって思いましたけど、電話の電源が切られているのはおかしいので、警察に話したんです」

警察官はマンションの家主に知らせて、部屋へ入った。室内はきれいに整えられていた。住んでいるはずの鹿久保がいないだけで、なにが失くなっているかなどまったく分からなかった。警察は、帰宅したら連絡するようにと電話番号を書いたメモを屋内に置いた。

「店は儲《もう》かっていましたか」

小森がかつ美にきいた。

「仕入れと、女のコの給料をやっと払えるという月のほうが多いです。いずれマスターはもどってくるでしょうから、売り上げと、経費はきちんと記帳しています。わたし、疲れてきちゃったので、マスターがもどってきたら、辞めさせてもらうつもりです」

「鹿久保さんも、無責任だよね、あんたに一言もいわずにいなくなるなんて」

小森は、花房とかつ美の話をきいていたが、一昨夜、野山が新宿で鹿久保らしい男に会ったことを話した。

「えっ、新宿でマスターに……」

かつ美は目を丸くした。

「その男は、すすきのでやっていた店を放り出してきた、といったそうですし、年齢からいっても、たぶん鹿久保さんだったでしょう」

「その男の人、どんな服装をしていましたか」

かつ美はカウンターから上半身を乗り出すようにしてきいた。

「汚れた物を着ていたようです。なにしろホームレスなんですから」

「道端で寝ているんでしょうか」

「多摩川という川に架かる橋の下をねぐらにしていたんです。ところが、きのうその橋の下へ私は行ってみたんですが、べつの場所へ移ったらしくて、いませんでした」

「その人、ほんとうにマスターだったでしょうか」

かつ美は、花房と小森の顔を見比べるようにして首をかしげた。

「野山がいうには、歌が抜群にうまかったそうです」

「その人、マスターです。演歌をうたえば、プロ歌手も顔負けなくらいうまいです。何年か前に、作曲もするし、自分でもうたう滝川十三《たきかわじゅうぞう》さんが吉祥へ飲みにきて、ホステスからマスターのことをきいたんです。滝川さんは、『その人に会ってみたい』といって、この店へこられて、マスターにうたわせました。滝川さんは、自分が作曲した歌を東京の音楽関係者の前でうたってくれないかといいました。するとマスターは、『私は好きでうたっているだけで、プロになりたいわけでもないし、テレビにも出たくない』っていったんです。滝川さんは、『惜しい、惜しい』っていっていました」

　かつ美の瞳が光った。涙ぐんでいるのだった。

「鹿久保さんは、お金を持っているでしょうか」

　小森がかつ美にきいた。

「持っているでしょうね。金額は分かりませんけど」

　鹿久保はなにか目的を持って東京へ行ったような気がする。その目的を果たすまでは札幌へ帰らないつもりなのか。

3

　小森は札幌へ泊まって、次の日、岩見沢市へ行った。鹿久保和也の実家の住所はかつ美からきいたのである。

　鹿久保と思われるホームレスの男は、初対面の野山に、すすきのでスナックをやっていたことと、出身地は岩見沢市であること、離婚を経験し、子どもを引き取って、実家へあずけていること、それから父親は六十八歳ということまで話していた。野山のききかたがうまかったのか、彼のことをまったく警戒していなかったようである。

それともビールを飲んで話しているうちに、野山に助けを求めるような気持ちになったのではないか。

しかし、酔いから醒《さ》めてみると、初対面の者にある程度身元に関することを喋《しゃべ》ってしまった自分に気付いた。それで危険を察知して、ねぐらを変えたのではないか。危険を察知したのだとしたら、なにかの犯罪にかかわっているか、あるいは、かかわる可能性のあることを企《たくら》んでいるということも考えられる。

鹿久保が、店の経営を放棄したようにいなくなる一か月ほど前、紫のホステスだった長尾典絵が睡眠薬を服んで死亡した。すると一緒に住んでいた川澄満利がいなくなった。睡眠薬は満利が服ませたのではないか。満利は典絵を死なせてしまったので、逃走したのだろうとにらまれているということだった。その事件は、事故ということも考えられる。満利が薬をまちがえて典絵に与えてしまったということも。しかし満利は出奔《しゅっぽん》した。典絵の死亡の原因を当局に追及されたくなかったからか。

鹿久保家は岩見沢駅から北に約一キロのところだった。木造二階建ての古い家の柱には［鹿久保友長《ともなが》］という表札が出ていた。二階の窓辺では洗濯物がひらひらしていた。

玄関の引き戸が十センチばかり開いていたので、小森はそこへ声を掛けた。男の声が応じて白髪頭の面長の男が出てきた。見知らぬ者が訪れたからか男は眉間《みけん》に皺《しわ》を立てた。それが友長だった。

小森は名乗って、「和也さんについてうかがいたいことがありましたので、東京からまいりました」と告げた。

友長は小森の全身に目を這《は》わせてから、

「どういうことを知りたいのか分かりませんが、どうぞお入りください」

友長は小森の名刺を受け取ったが、会社名も肩書きも刷っていないので、どんな仕事をしているのかときいた。

「私は、野山遊介という小説家の秘書であります。野山は一昨々日の夜、東京の新宿で、和也さんと思われる方に会ったんです」

「和也に……」

友長は目を見張ると、上がってくれといって座敷へ通した。その部屋には床の間があって、墨で達磨《だるま》を描いた軸《じく》がさがっていた。

「和也さんと思われる方は、東京と神奈川の境の多摩川に架かる橋の下で暮らしていたようです」

「毛布を二枚持って、仮り住まいをされていたようです」

友長は床の間を向き、口を固く閉じた。

台所と思われるほうで小さな物音がした。友長は、「さきえ」と大きい声で呼んだ。

「あれ、お客さまでしたか」

さきえというのは友長の妻だった。和也の母親だ。外出からもどったようだ。

「こちらの方が、東京で、和也らしい男に会ったというんだ」

友長がさきえにいった。

さきえは拝むように顔の前で手を合わせた。

「あのう、和也さんらしい方に会ったのは、私の先生の野山です」

小森は夫婦の顔を見ながら話した。

野山は一晩、和也らしい男と語り明かして帰宅したが、もう一度会いたくなったので、私と一緒に橋の下を訪ねた。ところが前夜は二枚あった毛布がなくなり、和也らしい人はいなくなっていた、と話した。

夫婦は俯《うつむ》いてものをいわなくなった。

「野山は、和也さんらしい方と新宿で出会ったのですが、新宿になにか縁があるので

「橋の下というと……」

しょうか」

友長もさきえも小森がきいたことには答えず、どうしてここが分かったのか、と友長がきいた。

「私はゆうべ、札幌のすすきのの紫というスナックを訪ねました。和也さんが経営なさっていた店です。そこの女性にこちらを教えていただいたんです。……こちらには和也さんのお子さんがいらっしゃるそうですが……」

「います。学校へ行っています」

友長が小さい声で答えた。

和也は、スナックの経営者でありながら、従業員にも一言もなくいなくなったようだが、なぜなのかを知っているかと小森はきいた。が、夫婦は、分からないというように首を振った。

「札幌と岩見沢は急行列車なら三十分ぐらいですので、和也さんはこちらへちょくちょくおいでになっていたでしょうね」

「二か月か三か月に一度ぐらいは」

さきえが答えた。

「和也さんがいなくなったのは、去年の十月だったそうですが、その直前にこちらを訪ねていましたか」

「八月でしたが、夏休みだといって二晩泊まっていきましたし、子どもを買い物に連れて行っていました」

「和也さんがいなくなったのを、どなたからおききになったんですか」

「店の女の人が電話をくれました。行き先が分かるかってきかれましたけど、和也が急にいなくなったことも、行った先も知らなかったので、答えようがなかったんです」

さきえが顔を起こして答えた。彼女は、東京へ行ったら和也に会えるだろうかと、小森にすがりつくようなききかたをした。

「橋の下へはもどってこないような気がしますので……」

小森は首を横に振った。

「橋の下なんて……。汚れた物を着ていたんじゃないでしょうか」

「そのようです」

さきえは両手で顔をおおうと泣きはじめた。

和也のことでなにか分かったら知らせると小森は夫婦にいって、膝《ひざ》を立てた。

岩見沢駅で札幌行きの列車を待つあいだに、野山に電話した。

「おう、ご苦労さん」

野山は機嫌がよさそうだ。小森は調べたことの概略を話した。

「スナックのホステスが自宅で死んだ。そのホステスと同居していたホステスがいなくなった。しばらくして、二人が働いていた店の経営者の男が、店を放り出して行方不明か。面白いじゃないか。……あんたいまどこにいるの」

小森は岩見沢駅だと答えた。

「早く帰ってきてくれ。あんたがいないと、なんだか仕事がはかどらない」

野山はそういって電話を切った。


小森は午後五時に野山邸へ着いた。書斎へ上がっていくと、Tシャツ姿の野山は、

「おう」

といっただけで、万年筆をはなさなかった。札幌で小森が見ききしてきたことをきこうともしなかった。小森の頭へしまっておいてくれれば、必要な時に引き出すということらしかった。

小森は、午後六時少しすぎに帰宅を告げると、野山は、

「あしたは上村へ行く。朝早く出発したほうがいい」

といって万年筆を原稿用紙の上へ置いた。

「何時出発にしますか」

「七時でどうだ。朝飯はここへきて食べるといい」

小森が了解したという前に、野山はペンを持つと原稿用紙に向かった。

帰宅した小森は妻の三保子《みほこ》に、野山邸に便利なところへ引っ越したいがどうか、と話し掛けた。

「綾瀬と久我山は、はなれすぎているので、わたしも気にしていたの。先生のお宅の近くというと杉並区。マンションを借りると足立区より家賃が高いんじゃないかしら」

「久我山周辺は高いだろう。三鷹《みたか》なら少しは安いんじゃないかな」

三保子はさがしてみようかといったが、十歳と八歳の男の子がいる。マンションだと三部屋が必要ではないか。家賃は十五、六万円、あるいはもっと上かもしれなかった。

話し合っているうち三保子は、高校で同級生だった溝口理名《みぞぐちりな》を思い付いたといって膝を叩いた。

理名は、海外出張中だった夫に死なれた。パリで交通事故に遭ったのだ。子どもがなかった彼女は、夫と買った渋谷区内のマンションに住んでいたが、独りになったので、マンションを手放して実家へもどった。実家では母親が独り暮らしをしていたが、最近になって認知症を発症していることが分かった。理名は自動車販売会社に勤めている。認知症の母親を独りでおくのは危険なので、老人ホームへあずけようかと迷っていると三保子に話していた。

三保子は、「そうだ、そうだ」と二度口にして、理名に電話を掛けた。すると理名は、

「名月や母をあずけて帰る道」と俳句を詠んだ。

「えっ。お母さんを、あずけたの」

三保子は思わず声を高くした。

「そう。だって家のなかがぐちゃぐちゃになるのよ。わたしが勤めに出て行くと、なにかさがしものをするらしいの。タンスの引き出しからいろんな物を取り出して、そのままにしておくの。だから毎日、家のなかは足の踏み場もないようなありさま。……武蔵野市内の老人ホームにあずけて半月になったので、きのうはようすを見にいってきたのよ」

「お母さん、どんなふうだった」

「絵本を前に置いて、ぼんやりしていた。わたしが近づくと笑い顔をしたけれど、なにをきいても答えてくれなかった」

「お母さん、寂しそう」

三保子は声を震わせた。

理名の自宅は杉並区西荻窪《にしおぎくぼ》だ。

「お母さんは何歳なの」

三保子はすわり直してきいた。

「ちょうど七十歳。わたしは遅い子だったから」

理名は、母親が元の丈夫なからだにもどれるとは思えないので、家を処分して、自分はまたマンションにでも住もうかと考えている、といった。毎日、だれもいない家へ帰るのは気持ちのいいものではない、ともいった。

三保子は、ちょっと話したいことがあるので会いたいといった。理名は、会社が終わってからならいつでもと答えた。

「じゃ、土曜の夕方」

三保子は約束して電話を切ると、小森のほうを向いてにこりとした。

理名とは、環状八号線沿いの勤務先の近くにあるファミリーレストランを落ち合う場所にしたといった。

4

上村へは、小森が運転する車で向かった。

野山は三十分ほど文庫本を読んでいたが、本を胸に押しつけて眠りはじめた。中央自動車道の談合坂《だんごうざか》パーキングエリアへ入った。目を開けた野山は、

「どこだ、ここは」

といってドアを開けた。

売店は利用客で混雑していた。二人は立ったままアイスコーヒーを口にかたむけた。

東京は曇り空だったが、甲府に近づくと青空がのぞくようになった。中央アルプスの山腹は濃い紫色をしていた。野山は鳳凰山《ほうおうざん》を指差して、登ったことがあるかときいた。

「二度登りました。一度はドンドコ沢をツメているあいだに、熊に出会いました。私が岩の上で休んでいたら、母熊が仔熊に水を飲ませに沢へやってきたんです」

「あんたのすぐ近くへ……」

「四、五十メートルぐらい上流でした」

「子連れは危険なんだろ」

「私は風下でしたので、熊は気付かなかったようでした。母子は水を飲むと悠然と沢を渡って、私がこれから登っていこうとしていた登山路のほうへ消えていきました」

小森は岩の上で三十分ぐらい動けなかった。

甲府をすぎると右の車窓に八ヶ岳《やつがたけ》が映った。南端の編笠山《あみがさやま》が夏の陽に焙《あぶ》られていた。八ヶ岳パーキングエリアから、裾《すそ》を長く引いている八ヶ岳を眺めた。野山はタバコをくわえて、車で諏訪湖《すわこ》を一周したあと霧ヶ峰《きりがみね》へ登り、白樺湖《しらかばこ》へ寄って茅野《ちの》へ下ったことがあるといった。

「茅野から杖突《つえつき》街道へ入ってくれ」

野山は指示した。中央自動車道を飯田まで行って、そこから向かうよりも早いのだという。

高速道を茅野で降り、羊腸のごとくくねった箇所を通過して、藤沢川《ふじさわがわ》に沿った田園地帯をひたすら南へと走った。サクラで有名な高遠《たかとう》を過ぎて美和《みわ》ダムを越えると三峰《みぶ》川《がわ》に変わっていた。南アルプスと中央アルプスにはさまれた盆地である。鹿塩《かしお》をすぎると道路に沿う流れは小渋川《こしぶがわ》に変わり秋葉《あきば》街道に。標高一三二四メートルの地蔵峠《じぞうとうげ》を越えると急坂を登るようになった。舗装道路だが蛇行した登りで、上村に入った、と野山がいった。

腹わたがよじれるほどくねくねと曲がった坂を登りはじめて十分ほどすると、ななめの台地に板葺《いたぶ》きの石置き屋根の家が点在するようになった。たいていの家の前には丸く刈りとられた茶の木がある。低い軒にかぶさるよう枝を広げているカキの木の家もあった。

「この道を登りつめると聖岳《ひじりだけ》だ」

野山は窓を下ろした。冷たい風が入ってきた。空では鳶《とび》が輪を描いていた。

「着いたぞ」

野山の家の前はわりに広い庭だった。庭の一段下は茶畑だ。玄関も縁側の戸も開け放されていた。

野山の母親の戸音《とね》が玄関から出てきた。藍《あい》色のシャツを腕まくりしていた。鼻筋は細くととのった顔立ちだ。野山の顔のつくりは母ゆずりなのだと知った。白い髪を後ろで結え、稲藁《いなわら》の色に似た簪《かんざし》を無雑作に刺していた。

小森は丁寧におじぎをした。

「ご苦労さまでした。道中が長かったでしょ。ゆっくり休んでくんなんしょ」

野山は茶畑を向いて、両腕を伸ばして腰をひねっていた。

敷居をまたぐと土間だった。わずかに凸凹を感じた。隅に広げられているむしろには黄色い豆が小さい山をつくっていた。壁ぎわには鍬《くわ》や鎌が置いてある。戸音は農作業をしているようだ。

「いま、お茶をいれますので、上がってくんなんしょ」

戸音が脱いだ草履《ぞうり》の脇には紅い鼻緒の下駄がそろっていた。野山の話ではときどき若い女性が訪れているというから、その人の履物ではないか。

上がった部屋の中央は囲炉裏《いろり》だった。その周囲は畳でなくて茣蓙《ござ》敷きだ。その奥が台所で、囲炉裏の煙をかぶりつづけたからか黒光りした戸棚が据えられていた。

白と黒の猫が警戒するような動きをして出てきた。二、三歩動いては野山と小森を見てから、戸音の横にすわった。

「ここはなん、夕方になると肌寒くなるんだに」

戸音はそういって、湯気の立ちのぼるお茶と干し柿を出した。

野山は行儀が悪かった。寝転がると股《また》を開いたり閉じたりの運動をした。

野山は、戸音のことを「おかあま」と呼んだ。「さま」という敬語の名残りではないかと小森は判断した。

「おかあま。夜は五平餅《ごへいもち》を食いたいが。どうかな」

「ああ、おやすいご用だに」

外で、「こんにちは」と男の声がして戸が開いた。地元の商店が酒と味噌を届けにきたのだった。野山は手枕をして帽子をかぶった若い男を見ていた。配達員は老人の見守りを兼ねているのだという。

昼食は野山がつくった。うどんを茹《ゆ》でてネギとホウレンソウを入れ、それに生タマゴを落としただけ。小森は、野山が殻《から》を割って落としてくれた黄身の色の濃さに驚いた。小さめだが箸で突いてもはね返ってくるようだ。

ここでは鶏を放し飼いしている。その鶏が産んだ卵を毎朝拾うのだという。

戸音は米を研ぐと腰を伸ばして、囲炉裏の横で目を瞑っている野山遊介を見下ろした。どこに勤めても長つづきしなかった一人息子が、小説を書いて、いまや売れっ子といわれるようになっている。久我山には幾部屋もある家を建てた。そんな才能がどこに眠っていたのかと、不思議そうな面持ちで見ているようだった。

小森は野山から、聖岳《ひじりだけ》が見える場所があるときいていたので、それを戸音にいうと、車で十分ばかり登れば広場がある。そこから真東に聖はそびえているといった。

小森は広場へ行ってみることにした。野山は股を開いて眠っているようだったので、声を掛けなかった。外へ出ると戸音が追ってきて、車に乗りたいといった。

助手席に乗った彼女は、野山のことを、気ままな人間になったが、どうかよろしく頼む、といった。

「大丈夫です。作家は面白いものが書ければいいんです。野山先生は、小説家という職業に向いていらっしゃるんです」

戸音は、野山の妻の良子の健康状態を気にかけた。

「初めて会ったときは、丈夫そうな人だと思いましたけど、会うたびに痩せとるんで、心配をしておりますんな」

「お孫さんが二人いらっしゃいますが、ここへおいでになったことはありますか」

「中学と小学生のときに、一度だけ。二人とも坂道が恐いといって、一晩泊まっただけで帰りました。二度芋の畑を見せたが、つまらんような顔をしとりました」

光洋と忠太は、戸音になつかなかったようだ。

戸音は独り暮らしだから、退屈ではないかときくと、機《はた》を織っているので、退屈になったことなどないといった。あとで織機を見せてもらうことにした。

広場に着いた。遊具がいくつかあったがだれもいなかった。戸音が東を向いて山を指差した。緑の山が左右に迫っている中央奥に聖岳は山頂をとがらせていた。小森の記憶では標高は三〇一三メートルだ。山体は黒をふくんだ青い色をしていた。その東側は静岡県である。五、六年前のことだが、静岡市に住んでいる友人と聖に登ろうと話し合った。大井川《おおいがわ》の上流に沿って登るということだったが、数日後、友人が電話をよこして、「登山者がめったに入らないので、径《みち》が分からないらしい。ひと雨降ると、踏み跡がなくなってしまうんだろう」といった。それで二人の聖岳登山は中止になり、小森にとっては登れない山になっている。

家にもどると、野山は猫とにらみ合いをしていた。猫は野山を胡散臭《うさんくさ》い人とみているのではないか。

戸音は野山に、墓参りをしてきたらどうだといった。野山はうなずき、小さなびんに酒を移し、線香を持った。戸音が庭の菊を五、六本摘み、鋏《はさみ》で丈を切りそろえた。

集団墓地は歩いて五、六分の斜面。黒御影《くろみかげ》の［野山家之墓］は一段高い位置にあった。そこに眠っているのは戸音の夫だ。彼女が建てたのだというが建立は遊介になっていた。

花と線香を立て、茶碗に酒を注いだ。小森も二人の後ろで手を合わせた。一人息子が売れっ子作家になり、父は安らかだろうか。

野山は思い付いたというふうに小森を振り向いた。

「あんたの両親は……」

小森の出身地は新潟市。父は小学校を出たときから勤めている酒造所で、いまも働いている。彼には兄が一人いて、JRの社員だ。父も母もいまのところ健在で、兄の家族と一緒に暮らしている。

小森は、実家のことを簡単に話してから、現在は綾瀬に住んでいるが、久我山へ通うには不便なので、もう少し近い場所に移るつもりだといった。

「それがいい」

野山はそういっただけで、小森の家族についてはきこうとしなかった。他人の暮らし向きなどには興味も関心もないといっているようだった。

他人事《ひとごと》には無関心のように見えるが、野山は歩いているとき、急に足をとめる。一分か二分、じっとしている。頭のなかでは小説を書きつづけているのではないか。

小森は戸音を観察した。彼女は石碑の後ろにしゃがんで、細かい雑草をむしっていた。起きているかぎり手を休めないといっているようだ。

家へもどった。戸音は小森を別棟へ招いた。それは小屋といった造りの建物で、木製の織機が一台据わっていた。織った物を仕立てて自分が着るし、人に分けてあげたこともあるといった。いま織りかけている布は、晴れた空のような色をしていた。

「そのうちに、小森さんの奥さんに着てもらえるような物を、織りますに。いつ出来るか分からんけど」

戸音は織機を撫でて、目を細めた。

摺《す》り鉢でクルミを擂《す》り潰《つぶ》した。それに味噌と砂糖をまぜた。竹を輪切りにしたのにご飯を押し込んで固め、二つずつ串に刺した。クルミ味噌を塗って、囲炉裏の火に焙《あぶ》った。甘い味噌が焦げる匂いがただよった。

野山と小森は、五平餅を肴《さかな》に酒を飲んだ。

野山は夜の九時に囲炉裏端で倒れるように横になった。

小森は外へ出て、両手で天を突いた。南東の中央に半月が浮き、星は降るように煌《きら》めいていた。そのなかから星がひとつななめに流れた。

5

小森の妻三保子と溝口理名は話し合って、杉並区西荻南の理名の家を借りることが決まった。話が決まった三日後、小森と三保子はその家を見に行った。理名は家にいて小森たちを笑顔で迎えた。住宅街は眠っているように物音がしていなかった。

木造二階建ての古い家は青垣に囲まれて、ところどころに、花のしぼんだ朝顔の蔓《つる》がからみついていた。庭には細い枝のサクラと幹に瘤《こぶ》のあるカキの木があった。

「今年も三月にサクラが咲いたし、九月にはカキがいくつも生《な》ったの。カキは野鳥がきて食べつくすのよ」

理名の声は男のように低かった。

三保子は台所の広いことをよろこんで、

「きれいにしているのね」

と、流し台に手を触れた。

「食器類を置いていくので、自由に使って」

理名は、世田谷区の成城警察署の裏にあたるマンションに移ることになっていた。

「部屋を見せていただくわよ」

三保子は、うきうきしているようないいかたをした。

「あなたたちの住まいになるんだもの、よく見ていって。二階も」

一階は和室と洋間で、古びたソファのある洋間の壁には縦一メートルほどの油絵が飾られていた。錆《さ》びた鉄のような色の花びんにバラ、アイリス、チューリップと、季節のちがうものを詰め込んだような花が画面にあふれるように描かれていた。小森は右下の小さな黄色のサインに目を近づけたが、読めなかった。

二階も和室と洋間で、洋間にはダブルのベッドが据わっていた。

「ベッドを置いていくけど、いいかしら」

理名は、マンションはせまいので、シングルベッドを買ったといった。

小森が窓を開けた。サクラの枝から雀が逃げていった。

三保子は、階段を下りたところで家賃を理名に尋ねた。

「いくらでもいいんだけど……。いただかないわけにはいかないので」

と、頬に人差指をあて、五万円でどうかといった。

「そう。それでいいんなら、助かるわ」

三保子は頭を下げた。

「雨漏りはしないけど、勝手口の戸や開け閉めしなかった窓なんかは、ヘンな音がするの。気になったら直して」

小森は、野山邸への距離を頭のなかで測った。二キロ弱だろうと見当をつけた。自転車で通える距離だ。中古のバイクを買ってもよいと思った。

溝口家を見てきたことを、三保子は長男の俊一《しゅんいち》と次男の十次《じゅうじ》に話した。二人とも瞳を輝かせて、「広い家なんだね」といった。

夏休み中に転居も転校もすませた。


野山邸には週に一度ぐらいのわりで昼間来客がある。訪れるのは出版社の人たちで、作品の打ち合わせや、ときには文章の訂正の話し合いに訪れることもある。そういうときは野山の希望で昼食を一緒にする。その話し合いに小森が同席することもある。昼食にはすしの出前をとっていて、それを届けにくる男が決まっていた。

小森は知らなかったが、ある日、良子が、

「八重ちゃんが、梅ずしの政広《まさひろ》さんといい仲になっているの」

と、八重が買い物に出掛けているときにいった。

「政広さんて、あの大柄の……」

小森は二、三度その男を見掛けたことがあった。

「そうなの。あしたは梅ずしがお休みなので、八重ちゃんは、お出掛けなのよ」

良子からその話をきいて一か月ばかり経った日、

「八重ちゃんが、政広さんと結婚することになったの」

と、八重のいるところで良子がいった。

八重は一瞬、顔を隠すしぐさをした。

「それはおめでとうございます」

小森はそういったが野山は、

「どこで暮らすんだ」ときいた。それから、「どこに住んでも、ここへは通ってこいよ」

と、つけ加えた。家事については良子以上に通じているからである。


八重の結婚式は簡素だった。秋田の男鹿からやってきた両親とともに、稲荷神社に礼拝し、そのあと梅ずしの二階で祝宴をもよおした。その席には野山夫妻も招かれた。横浜に住んでいる政広の姉夫婦がきて、政広の自慢はからだが丈夫なことと、中学のとき水泳の県大会で一位になったことだと、姉が話したという。

八重夫婦は神田川沿いのアパートに住み、彼女は毎朝六時半には野山邸に出勤して、野山の二人の息子に食事を与えて登校を見送っていた。

小森が野山遊介の秘書になって四年が経った。野山は五十三歳で、脂がのりきり、新刊を出版するたびに話題になって、新聞で書評にも取り上げられていた。

野山はほぼ毎日、午前十一時ごろに起床する。それから午後二時までのあいだに食事を摂る。午後二時から午後七時の間に散歩をしたり新聞や本を読む。午後七時、テレビでNHKのニュースを観ながら夕食を摂る。午後九時から午前四時か五時まで執筆。外出しないかぎりこれが繰り返されている。

小森は、午前十一時に出勤して、野山から指示されていたことを調べたり、小説の原稿をパソコン入力し、出版社や新聞社に送信し、何事もなければ、午後六時半までのあいだに「帰ります」と、小さい声で告げて、門を出て行く。

ところが、熟睡真夜中の午前二時ごろ、野山が電話をよこすことがある。「寝てたのかね」という。「この時間に起きているのは、先生ぐらいなものです」と楯突《たてつ》くが、野山は、「分からんことがある」とか、「文章が流れるようにつづかない」「このことを正確にはなんて呼ぶのか」などときく。翌日でもいいようなことだが、思い付いたり、ペンの動きが滞ったりすると、電話を掛ける。小森は秘書なのだからいかようにも使うことにしているらしい。仕事に熱心なあらわれではあるが、その皺寄せは良子におよんでいた。彼女は体調がすぐれないといって、月に一度は病院へ通っていた。病院は考えられるかぎりの検査をしていたようだが、最近になって、消化管間質腫瘍《しゅよう》と判明したといって、彼女は病名を書いたメモを持って帰ってきた。

「そりゃ、どういう病気なんだ」

食堂で、小森も八重もいるところで野山はきいた。

「十万人に一人か二人という珍しい病気だそうなの。粘膜の内側に腫瘍ができるために発見が遅れる場合が多くて、治療法も確立していなかったらしいの。でも今度は腫瘍個所が分かったので、手術できることになったのよ」

良子は、腹部に片方の手をあてて、わりに明るい表情で話した。

「早く治していただかないと」

八重は眉間をせまくした。

野山は不機嫌な顔をして食事を終えると、お茶を注いだ湯呑みを持って書斎へ向かった。八重は恨むような目つきで彼の背中を追っていた。

次の日の朝、間もなく八時になるところへ小森は野山からの電話を受けた。

「早くきてくれ」

野山の声は急《せ》いていた。

「どうしましたか。すぐにうかがいますが」

小森の頭には良子のやつれた顔が浮かんだ。体調が急変したのではないか。

「いま、高井戸署の刑事がきているんだ。早く……」

野山の声は悲鳴にきこえた。

小森は朝食を摂りかけていたが、お茶だけをごくりと飲んで椅子を立った。自転車を漕ぎながら早朝に刑事の訪問とは何事かと首をひねった。

二人の刑事は応接間にいて、小森が入っていくと立ち上がった。松下《まつした》という刑事は四十半ば、井上《いのうえ》という刑事は三十半ばだった。

野山は腕組みしてタバコをくわえ、怒ったような顔をしていた。朝の八時というのは寝ている時間帯なのだった。

「けさ早く、三鷹台《みたかだい》駅の近くで、ホームレスと思われる服装の男が、保護されました。その男の身元は不明です」

井上は表情を動かさずにいった。

「その男は、左腕から血を流していました」

松下は、小森の顔をじっと見ていった。

「重傷ですか」

小森がいった。

「重傷というほどでは……。その男は、小森甚治さんの名刺を持っていました。名刺の住所がこちらでしたので、うかがったんです。お知り合いでしたか」

　松下が目を据えてきいた。

「ちょっと待ってください。私はその男に会っていないと思いますが……」

　小森が首をかしげながら答えると井上が、はがき大の写真を二枚、突き出すようにテーブルに置いた。怪我をしている男は、薄く目を開き、口を半開きにしていた。眉が太くて濃いのが特徴だ。

「私がずっと前に、新宿で会った人のような気がします」

　野山がぼそっといった。

　小森は思い出した。野山はある日の夜、新宿のガード下で歌をうたっていた男を見つけた。すぐにホームレスだと分かった。その男は多摩川の橋の下で暮らしているといったので、にぎり飯とビールを買って、タクシーでそのねぐらへ送って行った。ホームレスと話をするのは初めてのことだったが、いつかは小説に役立ちそうだと思ったからだと野山はいっていた。そのとき野山は自分の名刺でなく小森の名刺を渡した。自宅を訪ねてくるかもしれないという思いもあったらしい。

　小森は、「なぜおれの名刺を渡したんだ」といいたかったが、黙っていた。

　八重がコーヒーを運んできて、四人の前へ静かに置くと、刑事の顔をちらりと見て下がった。

写真の男は、鹿久保和也だと分かったが、小森は知らない人だと刑事にいった。

「野山さんは、ホームレスの男の名前をききましたか」

松下がきいた。

「きいたような気がしますが、男は答えてくれなかった。たしかそうでした」

野山は、写真を押し返すようにして答えた。

小森は、賢明な答えだと思った。

野山の指示で小森は北海道へ行き、鹿久保和也の経歴を調べている。それを刑事に話せば、その目的などもきこうとするにちがいない。

二人の刑事は、何度も首をかしげた。野山と小森が、ホームレスの男についてなにか情報を持っていそうだと疑っているような表情をしていたが、二人ともコーヒーに手をつけず引き揚げていった。

第三章　飛騨高山

1

「あんたが私の仕事を手伝うようになって、もう四年か。あっという間に年月が飛び去っていった」

今夜の野山と小森は、何度もきたことのある吉祥寺の料理屋［うちだ］で向かい合っている。

きょうの野山は、小森が帰ろうとしたところを呼びとめ、

「飲みにいくぞ」

といって、白い長袖《ながそで》シャツに着替えた。

「私はときどき、無性に天ぷらを食べたくなるんだ。あんたにはそういう食い物はな

いのか」

「あります」

「なんだ」

「うなぎの蒲焼《かばや》きです」

「ふうん。天ぷらも蒲焼きも高いんで、食いたかったが食いに行けない時代が、私にはあった」

野山はきょうも日本酒の北雪を手酌で飲《や》っていた。小森は野山に反抗するようにハイボールの氷を鳴らしている。

野山は二合徳利の二本目を頼んだ。小森は、そろそろいつもの話がはじまるだろうと身構えて、マツタケを添えたアナゴを箸《はし》で摘まんだ。

野山は、クリの天ぷらを口に入れると下唇を左右に動かした。

「おれは、米をつくったり魚を獲ったりの、実業じゃない。小説を売るというのは、いわば虚業だ。だから、うんと面白いものを書いて、読んでくれた人に満腹感を与えなくちゃダメだ。おれは小説を書くために生きている。おれの小説を待っている編集者がいるし、読者がいる。そういわれると書く気が起こる。……おれは医者じゃないから、人の病気を治してやることはできん。だが、おれの作品を読みたいといって口を開けている人が、あちこちにいる。その人たちの口に、一滴、二滴と、甘かったり辛かったりするスープを落とす。……おまえには分からんだろ」

「分かります。よおく分かります。先生のおっしゃるとおりです。先生は、大先生です。天下に野山先生ほどの情熱を持った……」

「そんな、おべんちゃらで、おれをだませるって、思ってるのか、この野郎……」

野山は、ハスの天ぷらに箸を刺そうとしていたが、箸を取り落とした。小森が店の人を呼んだ。野山は酒をぐびりと飲むと、テーブルに額を押しつけた。


良子は三日前から渋谷の病院へ入っている。入院の翌日手術を受け、十日間入院して退院できるということだった。病院へは毎日、八重が行っている。帰ってくると、野山に良子の症状を報告する。夕食時には、二人の息子にも症状を話しているらしい。

午後三時、野山は急に、「病院へ行ってくる」といって、着替えをした。

「私が送りましょうか」

小森がいうと、たまには車を運転するのも健康にいいだろうからといって、独りで出掛けた。

野山は妻の病気に関心をはらっていないように見えたが、気になってはいたようだ。

小森は八重からきいたのだが、入院する日の前日に良子は野山に、『一週間か十日だから、見舞いにはこないでね』といったということだった。

野山は二時間ばかりで帰ってきた。

「うちには、八重がいるから助かる」

と、小森にいったあと、病院の駐車場で妙な男に出会ったといって、瞳をくるりと回転させた。

「妙な男とは……」

「私が車を降りるのを待っていたように、私と同じぐらいの歳の男が近づいてきて、『しばらくです』といった。私には見憶えのない人だったので、首を横に振った。男はたしか、『タカギですよ』っていったと思う。私は人ちがいだといった。すると男は、『人ちがいだと。この恩知らず』と凄《すご》むようないいかたをしたんだ」

「ほんとうに知らない人でしたか」

「見憶えはなかった」

「それから……」

「私は一歩退いて、用事は、って男にきいたんだ。そうすると男は、『久しぶりだからお茶でもと思ってね』っていった。私は気持ちが悪くなった。それで、入院患者がいるのでっていって、病院の入口へ駆け込んだ」

野山は、ぶるぶるっと首を振った。

「そいつは、インネンをつけて、金を強請《ゆす》るつもりだったんじゃないでしょうか」

「そうか。そういうことをやってるやつがいるんだな」

野山は、男の顔でも思い出したのか、顔の前で手を振った。

良子は、十日間入院して、八重が運転する車に乗って帰ってきた。小森は玄関へ下りて良子を出迎えた。彼女の顔色は蒼《あお》いが、微笑を浮かべ、食堂の椅子《いす》に落ちるようにすわると大きく息を吐いた。

「やっぱり自分の家がいい。もう病院は懲り懲り」

彼女はそういうと、八重に、熱いお茶をちょうだいといった。

珍しいことだが、お茶を飲む良子を、野山はじいっと見ていた。肚《はら》のなかでは、「痩《や》せたな」といっているようだった。

野山も小森もお茶を飲んでから、二階へ上がった。五分もすると、孫の手のノックがあった。

「どうも気になってしかたがない」

野山は椅子の背に反《そ》ってタバコに火をつけた。

「なにがですか」

「警察で事情をきかれたっていうホームレスの鹿久保のことでは、あれきり刑事は訪ねてこないし、身元が分かったかどうかも不明だ。……私は、鹿久保が札幌から東京へ出てきた理由は、クスリを服《の》んで死んだ典絵と一緒に住んでいた、川澄満利の居所をさがすつもりだったんじゃないかとみている」

「私も同じです」

「もしかしたら、満利は、典絵に弱味でもにぎられていたんじゃないか。それで、風邪薬だとでもいって、睡眠薬を服ませた。その意図を警察につかまれたくないので、逃げ出した。そんな気がするんだ」

「警察もその疑いをもって捜査しているんでしょうね」

「鹿久保は、ホームレスになって、あちこちを歩きまわっているようだが……私は彼のことを小説仕立てにしようと考えているんだ」

「ぜひ、お書きになってください」

「うむ……」

　野山はタバコを消すと、行方不明のままなのかもしれない川澄満利に、スポットをあてて書きたいので、彼女の身辺データをさぐってくれといった。

小森は、札幌や岩見沢で調べたことをメモしているノートを開いた。

鹿久保和也が姿を消してから、彼がやっていた紫というスナックの経営に従事しているかつ美の電話番号が、少し大きい字で書いてあった。彼女はいま四十歳になったはずだ。

「あらあ、小森さん。お元気ですか」

女性にしては太い声だが、朗らかそうだ。

「鹿久保さんはいまも東京にいるようですが、それはご存じでしょうか」

「札幌の刑事さんが訪ねてきて、東京にいることをききました。マスターは、なぜ店を放り出すようにして札幌からいなくなったのかをきかれました」

「なぜなのか東京でホームレスになっていた」

「ホームレスになっていたのは、小森さんにきいたんでしたね。それをきいたとき、わたしは泣いてしまいました」

小森は、長身のかつ美の茶色の髪と、とがり気味の顎《あご》を思い出した。

「長尾典絵さんが亡くなったあと、姿を消した川澄満利さんの行方は分かりましたか」

「分かりません。警察は居所をつかんだかもしれませんけど、わたしにはなんの連絡もありません」

川澄満利の出身地は札幌なのか、と小森は尋ねた。

「いいえ。あの人は岐阜の高山からきたんです。生まれは岐阜県っていっただけだったけど、あるとき口をすべらせたように、高山市生まれだっていったんです。高山市の人が札幌で働いているなんて、珍しいって思ったものです」

「なぜ札幌へきたのかをきいたことがありますか」

「ききました。そうしたらたしか、北海道が好きだからっていったような気がします」

小森は、また札幌へ行く機会があったら店へ寄ります、といって電話を終えた。

調査事務所に勤めていたころ、たびたび仕事を依頼してきた新宿の三国《みくに》法律事務所へ電話して、白金《しろがね》弁護士を呼んだ。

「ああ、小森さん。何年もお会いしていないが、いまはどちらに……」

六十代半ばの弁護士は、懐かしいというふうにきいた。

「いまは、小説家の秘書をしています」

「小説家の……。さしつかえなかったら、小説家はどなたですか」

「野山遊介です」

「ほう。売れっ子ですね。本も沢山出ているし」

小森は、野山の秘書になって四年が経ったといった。

「小説家の秘書とは、どんな仕事を……」

弁護士は興味を持ったようだ。

小森は、作家の手書き原稿をパソコンで打つのが毎日で、あとは調べ事をしていると答えた。

「代筆をなさることも、あるんでしょ……」

「いえ。それはありません。私はまちがいを見つければ、それを訂正する程度です」

ところで、と前置きして、岐阜県高山市で川澄満利という女性の氏名だけで住所などが分かるか、ときいた。

珍しい名字なので、実在すれば分かる、と弁護士はいった。

弁護士は、調査対象地域の弁護士に連絡して照会を頼むのだろう。

二時間ほどすると、三国法律事務所の女性職員から回答の電話があった。

「川澄満利という人に該当がありました。……住所は、高山市国分《こくぶん》寺通《じどおり》一丁目。戸主は川澄竹良《たけよし》。満利は、竹良・稲子《いねこ》の次女で、現在三十歳。住所は不詳」

小森は、それを書き取ると野山に渡した。

「高山生まれの者が、札幌で働いていた」

野山は小森のメモをじっと見ていたが、「あしたにでも高山へ行ってきてくれ。高山でなにをしていたか、なぜ札幌へ行ったのか……」

詳しく調べるように、と野山はいってからも、メモをにらんでいた。彼はせっかちである。思い付いたことがあると、すぐに内容を詳しく知りたがる。書く材料を豊富に抱いていないと、途中で行き詰まりになるのではという不安を感じているようなのだ。

2

小森は東海道新幹線の［のぞみ］に乗った。

きょうは九月十三日だが、夏の名残りで蒸し暑い。東京の空は厚い雲におおわれていたが、新横浜をすぎると雨が車窓を叩きはじめた。天竜川《てんりゅうがわ》を越えたあたりでは薄陽があたるようになった。

十一時すぎに名古屋に着き、高山本線の富山行きの特急に乗り継いだ。車窓は田園風景を映していたが山間部に入ると、白い岩をむき出しにした渓谷を見せるようになった。谷は深く水は緑色をしていて、深い谷のあいだを薄い霧が這《は》っていた。それは飛騨川《ひだがわ》で、温泉で知られている下呂《げろ》をすぎても列車からはなれなかった。十四時少しすぎに高山に到着した。

大きな荷物を持ったり、リュックを背負った外国人が大勢列車を降りた。駅舎を振り返った。何年か前にこの駅で降りたことがあったが、なんとなくようすがちがっているので足をとめたのである。駅の建物は真っ黒い箱を伏せたような格好をしていた。なぜ黒なのか、なぜ四角い箱なのかと首をかしげた。この市のいまの人口は八万六千余である。

交番で川澄竹良の住所を告げて行きかたをきいた。宮川《みやがわ》を渡ってさんまち通りの近くだと教えられた。

江戸時代からつづく古い町並みがいまも残っている黒っぽい壁のさんまち界隈《かいわい》は、外国人であふれていた。背の高い欧米系の人たちのようだ。その人たちを見ていると、立ち食いのすしや五平餅を買っていた。みやげ物屋へも入っているが、買い物をしているいる人は少ないようだ。この人たちはいったいどこに泊まるのかと、小森はよけいな

ことを考えながら歩いて、宮川を渡った。酒造所が何か所もあった。漬け物店で川澄という家はどこかをきくと、

「この先の味噌屋です」

と教えられた。

そこの入口脇には古いが磨いたように光っている樽《たる》が据わっていて、［飛騨中味噌《ひだなかみそ》］と太字が書いてあった。醸造所である。薄暗い店のなかをのぞくと、帽子をかぶり、前掛けをした男女が働いていた。小森は、店へ入る前に首をかしげた。店構えはかなりの年数を経ているようだ。このような老舗《しにせ》の娘が、どうして札幌へ行って、スナックのホステスとして働いていたのか。もしかしたら満利は、実家であるこの家へもどっているのではないだろうか。

彼は一歩退くと、カメラに飛騨中味噌の入口と黒い壁の二階建てを収めた。ここが満利の実家にちがいないとすると、両親やきょうだいがいるだろう。その人たちに、満利がどうして札幌にいたかなどをきくには気がひける。

小森は店の前をはなれた。隣は食器の店だった。その隣はみやげ物店。その隣は玄関の前へ花の鉢をいくつも置いた仕舞屋《しもたや》だった。声を掛けると、六十がらみの主婦が出てきた。

彼は、川澄家の娘のことをききたいといった。主婦は彼の風采《ふうさい》を吟味するような目をしたが、なかへ入ってくださいといって、玄関の戸を素早く閉めた。

主婦は、「どうぞお掛けください」といって、上がり口へ小ぶりの座布団を置いた。

「川澄さんには、満利さんという娘さんがいますが、ご存じでしょうか」

小森は腰掛けてからきいた。

「満利さんは、三人姉妹の真んなかです。三人のうちではいちばんの器量よしでした」

長女は婿《むこ》を迎えて醸造所の仕事に就いているし、男の子と女の子がいる。三番目の娘は、上三之町《かみさんのまち》の古い和菓子屋に嫁ぎ、子どもを一人得ているといった。

「娘さんたちのご両親は、ご健在なんですね」

「六十代ですのでお二人ともお元気です。ご主人は竹良さんといって、この町内のまとめ役です。たしか竹良さんは店の六代目とかきいた憶えがあります。従業員の躾《しつけ》には厳しい人といわれています」

「満利さんは、どういう方ですか」

「三人娘のなかではいちばん印象の薄い人です。高校を出ると、市の観光案内所とかに勤めていました。そのときは自宅から通勤していましたけど、いつの間にか姿が見えなくなりました。どこかは知りませんが、遠方で暮らしているようです」

主婦はそういってから、手で口をふさぐような格好をした。満利について思い出したことでもあったのではないか。それを話してよいものかを迷っているようだった。

小森は主婦の顔から目を逸らした。高山は欧米の人に好かれたのか、ここへくるまでのあいだに数えきれないほど大勢の外国人に会ったと、満利とは関係のないことを独りごちた。

「八年ほど前だったと思いますが……」

主婦は片方の手を頬にあてて話しはじめた。

「満利さんのことについて、警察の方が話をききにきたことがありました」

「訪ねてきたのは、刑事でしたか」

「名刺をいただいたと思います。さがしてみますので、ちょっとお待ちください」

彼女は膝《ひざ》を立てた。

小森は、この家で聞き込みしたのは成功だったと、壁や天井を見まわした。

主婦は、「ありました」といって名刺を一枚持ってきた。それには［高山警察署刑事課　警部補　中條栄治《なかじょうえいじ》］とあった。

「警察の方は二人でお見えになりましたが、この名刺の方はご年配でした。何人かの名前をお出しになって、わたしに知っているかとおききになったような気がしますけど、どなたも知りませんて答えました」

「つまり、満利さんに関係のある人たちのことを、ききにきたんですね」

「そうでした」

「満利さんの男関係ですか」

「さあ、それは分かりません」

主婦は首を振ったり、首をかしげたりした。彼女の話は頼りなかったが、情報を一つもらうことはできた。満利に関して聞き込みにきた刑事の名を知ることができたのは収穫だ。

「満利さんがどうかしたんですか」

「行方不明になっているんです。実家とは連絡をし合っているかもしれませんが、札幌からいなくなりました」

「札幌にいたんですか。上高地で働いているってきいたことがありましたけど……」

主婦は何年も満利を見ていないといい、そろそろ三十歳になるのではないかといった。

中條栄治という刑事に会いたかったので、高山警察署へ行った。

白い建物は新しかった。縦長の窓が並んでいるモダンな造りである。

受付へは髪を後ろで束ねた若い女性職員が出てきた。中條という刑事に会いたいのだが、と小森はいった。職員は黙って背中を向けてなにかを見ていたが、振り返ると、

「中條栄治は退職しました」

といった。さっき会った主婦は年配の人だったといっていたから、定年退職したのだろうと想像した。小森は、中條の住所を知りたいといった。女性職員はまた奥を向いた。

ワイシャツを腕まくりした男性が出てきて、中條の住所をなぜ知りたいのかときいた。

「高山市内のある人のことを、中條さんはご存じだと知ったものですから、お会いしたいのです」

「退職した人ですが、警察官だった者の住所をお教えすることはできません」

男は謝るように首を動かした。そうか、世間には警察官に恨みを持つ人がいる。そういう人がなにかの拍子に、元警察官に仕返しをするということも考えられる。

小森は、どうしても中條に会いたいのだが、という顔をしてみせた。男も困ったような表情をしていたが、市役所内に交通安全協会がある。そこを訪ねてみてくれとい

った。中條の住所を知るヒントがそこにはありそうだということらしかった。

小森は男に礼をいった。市役所は警察署に近かった。玄関を入ると絢爛《けんらん》豪華な高山祭りの屋台の写真が壁に並んでいた。屋台行事はユネスコの無形文化遺産に登録されている。五月一日には新元号「令和」を記念して、春と秋の祭り屋台二十一台が市内で「特別曳《ひ》き揃《そろ》え」を行ったという。

夫婦らしい外国人が、カウンター越しに女性職員と会話していた。

交通安全協会の札を見つけ、パソコンの画面と向き合っていた男性に、中條栄治さんに会いたいのだが、というと、

「中條は私です」

太い声を出した。黒縁のメガネを掛けた肩幅の広い小太りだった。東京から訪ねてきたと小森がいうと、

「いったいなんでしょう」

と中條はいって椅子をすすめた。ほかに職員はいなかった。

「川澄満利の居所をさがしているんですが、中條さんは彼女を憶えていらっしゃいますか」

「名前はよく憶えています。会ったことはありませんが」

「札幌にいましたが、それはご存じでしたか」
「札幌に。それは知りませんでした。私も彼女からどうしても事情をききたかったので、高山の家族に居所を尋ねた。家族はほんとうに知らなかったのか、分からないの一点張りでした。……満利はたしか二十一歳のとき上高地へ行って、渋草岳《しぶくさだけ》ホテルに勤めていました。上高地にいたのは一年間ぐらいでした。ききたいことがあったので、会いに行ったら、急にいなくなったといわれました。まるで夜逃げでもするようにいなくなったんです」

中條は、なぜ川澄満利を追いかけていたかというと、市内森下町の自動車整備工場の息子の名田部健策《なたべけんさく》という二十四歳が、ラブホテルで睡眠薬を服んで死亡した。それは日曜の夜で、月曜の朝になっても部屋を出てこなかったのでホテルの従業員は部屋へ電話した。が、応答はなかった。そこで不審を感じた従業員は合鍵《あいかぎ》で部屋に入った。男はベッドに仰向いていたが、呼吸をしていないことに気付いて一一〇番通報した。男は死亡していた。前夜、男は女性と一緒にチェックインしたのに、女性は部屋にいなかった。どうやら深夜に、床を這うようにしてホテルを抜け出したようだった。

男の遺体を解剖検査した結果、睡眠薬を服んだのが死因と判明した。ほかに突然死するような病気は見あたらなかった。そのことから、ホテルへ一緒に入った女性をさがすことになった。女性がクスリを服ませたかもしれないという疑いが持たれたからだ。

死亡した男は身元の分かる物を持っていなかったが、家族の届出によって身元が判明した。健策は家業の自動車整備工場に従事していた。

殺害された可能性が考えられ、捜査が開始された。数日後、交際していた女性が二人浮上した。市内の刈谷菜保《かりやなほ》と川澄満利。

菜保は二十三歳。宮川に架かる中橋《なか》のたもとの菓子店に勤めていた。中條らの刑事は菜保が勤めている菓子店を訪ねて彼女に会った。彼女は日曜に休んでいないし、名田部とは二週間ばかり会っていなかったと答えた。日曜の菓子店は忙しい。店の勤めを終えて店を出たのは、夜の八時すぎだったことが店主の話で分かった。

健策が若い女性とラブホテルへチェックインしたのは、日曜の午後七時だった。ホテルへ一緒に入った女性は川澄満利の可能性があることから、中條たちは彼女に会うために上高地へ行った。

ところが満利は勤務先の渋草岳ホテルからいなくなっていた。

「無断でいなくなったんですか」

小森は中條のメガネの奥をのぞいた。

「こういう話があるんです」

　中條は話の順序を整理しようとしてか、額に手をあてた。

「いまから八年ぐらい前のことです。私たちは名田部健策は殺されたものとにらんで、交際相手だった川澄満利に目をつけ、彼女に会おうとしました。彼女が勤めていた上高地の渋草岳ホテルを訪ねたのですが、そこで思いがけない話をきいたんです」

「ほう」

　小森はすわり直すように腰を動かした。

「十月初めの夜七時ころのことです。河童橋《かっぱ》から百メートルぐらい下流の右岸の道を歩いていた男性が、梓川《あずさ》のなかから、『助けて』という声をきいたんです。川岸には点々と灯りが点いていますが、川のなかは真っ暗です。歩いていた男性は、『助けて』という叫び声をたしか二度きいたといっています。その声をきいた直後、一人の女性が渋草岳ホテルへ飛び込むように消えたのを見たといっています」

「それは女性にちがいなかったんですね」

「ホテルの玄関と裏口には灯りが点いていますので、飛び込むように消えたのは女性だったと、はっきりいっていました」

「その女性を見たのは、どこの人ですか」

「渋草岳ホテルの隣の上高地アルペン山荘の従業員です」

小森はその人の名をきいた。松尾学《まつおまなぶ》という人で、現在も山荘に勤めていると思うと中條は答えた。

「渋草岳ホテルは隣接ですから、松尾さんはそこの従業員と顔見知りだったんじゃないでしょうか」

「私もそう思って、ホテルへ飛び込むように消えたのは、そこの従業員ではなかったかをききました。松尾さんは、『そうだった』といっていました」

「川のなかから助けを求めていた人はどうなりましたか」

小森は暗い川に小さな灯りが揺れて映っている風景を頭に浮かべた。

「その日は夕方近くまで雨が降っていたので、川は増水していました。川に落ちたのは二十五歳の男性で、大正池の近くまで流され、次の日の正午前に遺体で発見されました」

それはどこのだれなのかを小森はメモを構えてきいた。

「高山市左京町《さきょうまち》の有馬安彦《ありまやすひこ》さんでした」

有馬は高山市の一ノ倉《いちのくら》酒造の七代目を継ぐ人だった。車好きで、しょっちゅう名田部整備工場へ立ち寄っていた。それで健策とは仲よしになり、二人で長距離ドライブ

と思います」

「私の推測では、有馬安彦は、上高地へ川澄満利に会いにいった。彼女に会ったんだと思います」

「といいますと、有馬は渋草岳ホテルに勤めていた満利に会った……」

小森は中條の言葉を繰り返した。

「そうだと思います。推測ですが、有馬は満利と梓川の川岸で会っていた。有馬の用件は、名田部健策殺しの追及だった。それが分かっていたので、満利は彼を梓川へ突き落としたんです。突き落とされたとたん、彼は叫び声を上げた……」

中條の推測に小森はうなずいた。

中條たちは有馬が遺体で発見されたのをきくと、一ノ倉酒造を訪ねた。そこで有馬の両親から、安彦は名田部健策と親しかったことをきいた。

「満利は、有馬が死亡した直後に渋草岳ホテルを辞めたんですね」

「彼女がホテルを辞めることを当時の支配人にいったのは、有馬が遺体で発見される数時間前だったことが分かりました。彼女は、『辞めさせてください』というと、支配人が理由をきく間もなく、リュックを背負ってホテルを出ていってしまったそうです」

「満利は、高山へ帰ったんでしょうか」

「彼女の実家へ私たちは行って、彼女の両親に会いました。両親は、『満利は上高地のホテルで働いています』と答えました。上高地からいなくなった彼女は、両親にも行き先を知らせていなかったようです」

その後の中條たちは、たびたび満利の実家を張り込んでいたが、彼女は実家にはもどっていなかった。

「満利が札幌にいたとは……」

中條は頭に手をやった。高山署は、川澄満利の所在を全国に照会していたが、彼女はその網にかからなかったということになる。

「満利は札幌で本名を名乗っていましたか」

中條は悔しげな顔をした。

「本名でした。変名だと不都合なことが起こるからではないでしょうか」

中條は、満利の札幌での暮らしぶりをきいた。彼女をつかまえられなかったのが心残りだったにちがいない。

上高地を去った満利が、直接札幌へ行ったのかどうかは分かっていない。小森は、すすきののスナック紫をやっているかつ美の話を思い出したが、満利が紫で働いていたのは一年あまり前だという。その前は、すすきののべつの店で働いていたことも考えられる。

かつ美の話では、満利は岐阜県出身だとだけいっていたが、あるとき口をすべらしたように出身地は高山市だといったのだという。彼女は古里が忘れられないにちがいない。幼いときから見慣れていた風景をたびたび思い出していたのだろう。できることなら高山へもどって暮らしたいのではないのか。

しかし彼女は、同僚だった長尾典絵の急死にかかわってしまった。典絵は睡眠薬を服んで死亡した。そのクスリは満利が与えたものだったかもしれない。だとすると満利には典絵に生きていられては困ることがあった。それは過去の出来事だが、犯罪の性質を含んでいた。典絵は満利に、「あなた、なにかの犯罪にかかわっているんじゃないの」とでもいわれたのではないか。典絵がそういうことを口にしたのは、だれかから、「満利は怪しい女」とでもいわれたのか。それとも満利のことを根掘り葉掘りきこうとした者がいたのではないか。それで典絵はさぐりを入れた。満利は即座に典絵を危険な女とみて始末を考えた。

「小森さんの推測は的を射ているでしょうね。満利は高山で、付き合っていた名田部健策を殺しているにちがいないんです。県警は、名田部が服んでいたクスリの成分を検べていますので、札幌で亡くなった女性が服んだクスリの成分と照合してもらいましょう。同じだったら、満利の犯行という見方に一歩近づくと思いますよ」

中條は、コピー用紙に少し大きな字でメモをした。その顔は刑事になっていた。

3

小森は、高山で調べたことを野山に報告した。名田部健策という男が、二人の若い女性と付き合っていたこと、その男がラブホテルで睡眠薬を服んで死亡。その男と付き合っていた一人の川澄満利という女性が男の死亡にかかわっていそうであること、満利は高山をはなれて上高地のホテルに勤めていた。その彼女に高山市の有馬安彦という男が会いに行ったもよう。だが有馬は、上高地の河童橋近くで梓川に落ち、溺《おぼ》れて死亡した——と詳しく話そうとしたところ、野山は小森の口を封じるように腕を伸ばした。

「概略を書いておくだけでいい。あんたの話を詳しくきいていると、小説のふくらみがなくなりそうだ。つまり創造力が失われる。私はフィクションを書いてるんだ。事実はヒントだけでいい。調べてきたことは、あんたが頭のなかへしまっておいてくれ」

野山はそういうと椅子を回転させて、原稿用紙に向かった。

小森は調べたことの概略を書くためにパソコンを叩きはじめたが、川澄満利という女性に会ってみたくなった。スナック紫のかつ美にきいたところ、満利の身長は百六十センチで中肉。面長で目はぱっちりとして大きい。鼻は高く、唇はやや厚く、笑うと口の周りに深い皺《しわ》が生じ、それが男を惹《ひ》きつけるらしいという。『胸も大きめでしたよ』といっていた。

小森は、かつ美に電話した。満利に関してか、鹿久保に関しての情報が入っていないかをきいたのだ。

「小森さんは、いまも札幌ですか」

かつ美の声は女にしては太いほうだ。

「高山から東京へもどったところです。満利さんは三件の事件にかかわっているようですね」

「えっ、三件のといいますと、どんな事件なんですか」

小森は、高山と上高地の事件を話した。するとかつ美は、眠ったようにしばらく黙っていたが、

「もしも典絵さんにクスリを服ませたのが満利さんだったとしたら、まるで殺人鬼みたいじゃないですか」

と、震えているような声を出した。

「鹿久保さんは、満利さんの写真を持っているでしょうか」

「持ってると思います。スマホにも入れているような気がします。小森さんは、マスターは満利さんさがしに東京へ行ったと思っているんですか」

「そうです。それ以外に、すすきのからいなくなった理由がなさそうじゃないですか」

「小森さんは、マスターが札幌へもどってくると思っていますか」

「もどってきますよ。鹿久保さんはいま四十代半ば。商売をやめるような年齢じゃない」

小森は、鹿久保か満利に関する情報が入ったら知らせてもらいたいといって電話を切った。

窓から庭を見下ろした。木陰に良子がしゃがんでいた。からだの具合でも悪くなったのではないかと見ていたら、植木の根もとの雑草を摘んでいるのだった。彼女の横にはアキタが寄り添うようにすわっている。

小森はつっかけを履いて庭へ出ていった。良子は小草を引き抜いていたが、摘み取らない草もあった。

「これはクサノオウっていって、五月か六月になると黄色の花を咲かすのよ」

「奥さまは、手袋をなさったほうがいいですよ」

「八重さんもそういうけど、わたしは、この黒い土に直に手を触れるのが好きなの。湿った土はとても冷たくて、気持ちがいい」

アキタは虫でも見つけたのか、繁みのなかへもぐっていった。

二階へもどると、野山は疲れたように腕組みして目を瞑《つむ》っていた。

「先生。上高地へ行ってきたいのですが、よろしいでしょうか」

「上高地。……高い山でも眺めたくなったのか」

「高山の有馬安彦という人が、梓川に落ちて死にましたが、その彼が助けを求めて叫んだ声を、きいた人に、会いにいきたいのです」

小森がいうと野山はまた目を閉じた。目を休めるのでなく、なにかを考えるときの表情をした。

上高地の十月は里の冬のように寒い日があるだろう。川の水は氷のような冷たさだろう。しかも夜、雨で増水した川のなかから、「助けて」という声を二度きいた。叫んだのは、次の日に大正池近くで死亡して発見された有馬だった。

野山は、音を立てて流れる暗い川からの叫び声を、目を閉じてきいたにちがいない。

「私も上高地へ行く。行くのはあさってにしてくれ」

あすは、文芸雑誌に発表する恋愛小説の後半を書くことにしている。

その小説は、小森が調査員をしていたころの話がヒントになっている。最初の舞台は大分県日田市《ひた》。九大線《きゅうだい》日田駅の近くに小ぢんまりとした旅館がある。地方まわりのセールスマンなどが利用する宿だ。そこに杵築《きつき》市生まれの木実《このみ》という女性が住み込みで勤めている。木実は中学を出てその旅館に就職した。色白の細面でやや目が細いが、やさしげな顔立ちだ。彼女にはなんの趣味もなかったが、宿泊した客が置いていった本を読んでいるうちに、小説の面白さを知り、夢中になって読むようになった。十九歳のとき、彼女は小説を書いた。そのことをだれにも話さず、文芸雑誌に載っていた懸賞小説に応募した。落選したが、選考委員の一人がほめていた。

彼女が働いている旅館にはたびたび泊まる客がいる。そのうちの一人の男が読んでいた本を木実がそっと見たら、自分が読んだことのある長い小説だった。彼女は男に話し掛けた。男は小説が好きで読んでいるし、自分で書いて懸賞小説に応募していると語った。木実は男の話をきくだけで、自分も応募したことがあるとは話さなかった。

男は一年後から旅館にこなくなったが木実には手紙をくれた。客から手紙をもらったのは初めてだった。男が旅館へこなくなってから二年後、木実は客が置いて行った雑誌を開いて、小さく叫んだ。手紙をくれた男の作品が載っていたのだ。書店へ行って、べつの文芸雑誌を開いてみた。その雑誌にも男の作品が載っていた。彼は小説家になっていたことを木実は知った。

男から本が送られてきて、手紙が添えられていた。木実に会いたい旨が綿々と書いてあった。

彼女は思案ののち、東京の彼を訪ねた。彼は、羽田空港で木実を迎え、彼女がテレビでしか見たことのないホテルへ案内した。

男には妻も子供もいることが分かっていて、木実とは十歳以上はなれていた。彼はいずれ、木実のことを作品にしそうな気がした。

彼は広いベッドで、死んだように眠っていた。彼女は一口水を飲むと、冷蔵庫の上の果物ナイフに手を伸ばした――

松本まで列車で行くつもりだったが、乗り換えが面倒だから車で行くと野山はいいはじめた。

「車で行っても上高地までは入れません。マイカーは通年入れないことになっているんです」

「そんなこと、だれが決めたんだ」

「だれが決めたのか知りませんが、マイカーを入れたら、せまい国道は身動きがとれないほど渋滞するからでしょうね」

「上高地は人気があるんだな」

「トンネルの中は、ぎっしりと止まっている車の排気ガスで、死にそうになります」

九月十七日の朝、野山を助手席に乗せた車は、良子と八重とアキタに見送られて出発した。東京は薄曇りだったが、上野原《うえのはら》あたりから陽があたるようになった。

「九月半ばか……」

野山はなにを考えているのか、つぶやいた。

談合坂で一服し、八ヶ岳パーキングエリアで休み、松本から国道一五八号に入った。野麦《のむぎ》街道を西にすすみ、水殿《みどの》、奈川渡《ながわど》のダムを越えて沢渡《さわんど》に着いた。ここには旅館が何軒かある。広い駐車場には乗用車がぎっしりととまっていた。

野山と小森はタクシーに乗った。運転手は、上高地では紅葉がはじまっている、といった。

「私が上高地へきたかったのは、カラマツ林を見たくなったからだ」

「カラマツ林……」

「梓川の両岸で真っ赤に燃え上がり、雪が降りはじめるころ、一斉に葉を落とす。そのさまは、炎が宙を舞っているようだぞ」

野山は両手を動かして説明した。

小森は何度か秋の山に登ったが、上高地のカラマツの落葉のもようを観察した記憶がなかった。四月初旬に穂高へ登るため梓川の左岸をさかのぼったが、葉を落としたカラマツ林のなかで、ダケカンバだけが白い幹を光らせていたのを憶えている。

上高地のバスターミナルにはバスもタクシーもとまっていた。観光バスが着いて乗客がどっと降りた。風の冷たさに胸を抱えた観光客はアジア系だった。高山の古い町並みをぞろぞろと歩いていたのは欧米系の人たちに見えた。

河童橋に着いた。野山はコンパクトカメラを取り出して、白い石河原の梓川を撮っていた。やがて書く小説に写真は役立つのだった。

河童橋は外国の人たちにも知られているのか、大勢が、穂高と岳沢《だけさわ》を背景にカメラやスマホを向け合っていた。

野山は欄干につかまって上流をにらんでいた。川の両岸はカラマツ林だ。建材や家具にはよろこばれない樹木だが、細かい葉をぎっしりと着けた林は美しい。やがて葉は炎のような色に変わって乱舞する。

河童橋を梓川右岸へ移った。橋から四軒目が渋草岳ホテルで、五軒目が上高地アルペン山荘だ。

大型ザックを背負った五人が渋草岳ホテルへ入っていった。彼らの山靴は汚れていた。穂高を下ってきたパーティーのようだ。

上高地アルペン山荘の三段のコンクリート階段を上がると、ガラス越しに帳場が見えた。

小走りに出てきた若い女性に松尾学さんに会いたい、と小森が告げた。松尾は支配人になっていた。

松尾はタオルをつかんで奥から出てきた。山荘の裏で土いじりでもしていたようだ。六十歳ぐらいの彼の顔は将棋の駒を逆さにしたようなかたちをしていた。

野山と小森は、応接室へ通された。小森が、高山市の有馬安彦という人が大正池近くの梓川で遺体で発見された事件に話を触れた。

「八年前のことですが、きのうの出来事のように私は憶えています」

松尾は瞳を光らせて語った。

それは十月初めの寒い日の夜七時ごろ。松尾は上高地帝国ホテルでの会合を終えて山荘へ帰りかけた。山荘へ十歩ぐらいのところで、「助けて」という声をきいて耳の後ろに手をあてた。するとまた助けを呼ぶ声が川のなかからきこえた。こんなに寒い夜に川で遊んでいた人がいたようだ。その人は過って川に落ちたのではないか、と判断し、叫び声を二度きいたことを、上高地交番に連絡した。交番の巡査は、「その声は対岸からではないか」といった。松尾は悲鳴の声を思い出し、「川のなかからのようだった」と伝えた。交番の巡査は、懐中電灯を手にして川を照らして歩いたが、変化は見られなかったといって、山荘へ立ち寄った。「川へ落ちた人の声だとしたら、大ごとだが」巡査はそういって、熱いお茶を飲んでいった。

巡査が口にした大ごとは現実に起こっていて、次の日に大正池近くの梓川から、男が遺体で引き揚げられた。

小森は松尾に、川からの叫び声と同時に目にした人のことをきいた。

「私は人の叫び声をきいて、立ちどまりました。前を向いて耳を澄ましていたんです。すると渋草岳ホテルの玄関へ飛び込むように消えた女性がいました」

「まちがいなく女性だったんですね」

「女性でした。名前は知らなかったが、何度も見たことのある人でした。川のなかからの叫び声をきいて飛び出てくる人がいてもおかしくないが、逃げるようにホテルへ入った人がいた。私は叫び声を二度きいたので、川のほうを見ていました。女がホテルの玄関へ消えた記憶はあとで蘇《よみがえ》ったんです。つまり私は、叫び声の直後になにかを見て、首をかしげていたのを思い出したんです」

「ホテルの玄関へ飛び込んだ女の、服装を憶えていらっしゃいますか」

野山が松尾の顔をじっと見てきいた。

「黒っぽい服装ですが、白い襟だけを憶えています」

「白い襟……」

「渋草岳ホテルの女性従業員は、紺のカーディガンやセーターの外にシャツの白い襟を出しているんです」

野山は大きくうなずくと、小森に顔を向けた。その顔は松尾の話をメモしておけといっていた。

4

白い壁にチョコレートのような色の枠をはめた渋草岳ホテルの玄関へ入った。ロビーに円型テーブルがいくつもあり、そこに外国人の観光客の五、六人が日本人の女性から説明を受けていた。

野山と小森は、マネージャーに会うことができた。五十代半ばのマネージャーは、上高地アルペン山荘の松尾が、川のなかから叫び声をきいたことも、叫び声の直後にこのホテルの玄関に、女性が飛び込んだのを見たことも知っていた。

「その女性は、川澄満利さんではなかったでしょうか」

小森がきいた。

「そうだったと思います。川澄は次の日に、当時の支配人に辞意を告げて、ホテルを出て行きました。そのことを刑事さんに話しましたので、警察は事情をきくために川澄の行方を追いかけたと思います」

「警察は、川澄さんから事情をきくことができたでしょうか」

「それは分かりません。大正池の近くの梓川で男の人が遺体で見つかったので、前の晩に川のなかで叫び声を上げたのは、その男の人だったろうということになりました。川のなかからの叫び声と、川澄がこのホテルの玄関へ飛び込んだことは関係しているかもしれません」

川澄満利の写真があるか、と野山がきいた。

「あるはずです。私は見た記憶がありますので」

マネージャーは、帳場から赤い表紙のアルバムを二冊持ってきて開いた。

「ありました。この人です。これはホテルのレストランの朝食風景です」

ホテルの女性従業員は白いシャツに紺のカーディガンを重ねている。半袖シャツ姿の人もいた。川澄満利が写っている写真は三コマあって、一コマは丸盆を腹部にあてて立っている。二コマは客と会話している横顔だった。

小森は、満利が正面を向いているのを、スマホで撮った。

マネージャーに礼をいって外へ出ると、十人ばかりの外国人の列に会った。

「おい、コーヒーを飲むぞ」

河童橋に近いホテルの前にカフェがあった。前にきたときにはその店はなかった。柱や壁は木の香りを放っていそうなほど新しい。野山と小森は、梓川を向いて黒く塗った椅子に腰掛けた。白い石河原を歩いている人が見えた。岸辺をカルガモが泳いでいる。

「おい、平湯《ひらゆ》へ行こう。今夜は平湯泊まり。でかい露天風呂のある旅館を思い出した」

「前に泊まったことがあるんですね」

「五年か六年前に泊まった」

だれと一緒だったかを、小森はきかなかった。

野山はコーヒーを一口飲むと、あしたは新穂高ロープウェイに乗って、北アルプスを眺めたいといった。

小森は空を仰いだ。白い雲のかたまりが長い尾を引いて東へと流れた。あしたが晴天であることを祈った。


タクシーで沢渡へ下り、乗用車に乗り換え、安房峠《あぼうとうげ》の長いトンネルを走り抜けた。深い谷底のような道路をくねくねと曲がって平湯温泉に着いた。

野山が以前泊まったという宿は［一刀喜庵《いっとうきあん》］。アプローチにはケヤキの太い丸柱が立っていて、柱の脇に大きい甕《かめ》が据えられ、竹の樋《とい》がちょろちょろと湯を注いでいた。玄関の造りも古風だが、転がるように出てきた女性従業員の服装も昔風だった。臙脂《えんじ》と茶の格子縞《こうしじま》の着物にベージュのちゃんちゃんこを重ね、もんぺを穿《は》いている。ロビーにいくつか据えられているソファも古い物らしいが、板の間は磨き込まれて黒光りしていた。

この宿には昔、禅僧の円空《えんくう》（一六三二？～九五）が滞在して、湯に浸って経を唱えた。そして木像を何体も彫った。木像はガラスケースに収められていた。荒けずりながら素朴な風情がある。

甲高い声がして肥えた女将《おかみ》が出てきた。いくぶん派手な緑と黄の着物で、片方の手を帯にあてて、

「いま、フロントの者から、大先生がいらっしゃったときききましたので。……まあご立派におなりになって、大活躍ではありませんか。どうぞ、こちらへ」

六十代に見える女将は大げさな挨拶《あいさつ》をして、野山と小森を応接室へ招くと、

「父はいま会長をしております。八十九歳になりましたが、どこも悪くありません。いまここへ招《よ》びますので、少々お待ちを……」

女将は、立て板に水を流すようないいかたをすると部屋を出ていった。

ちゃんちゃんこの若い女性がお茶を運んできた。野山は喉《のど》が渇いていたのか、すぐにお茶に手をつけた。

五分もすると、頭に一本の毛もない男が、若い女性に支えられて入ってくると、なにもいわずに腰掛けた。顔色は女のように白く、つやつやしている。

野山は以前会っているらしく、

「しばらくです」

といった。

「ああ」

会長は相好《そうごう》をくずすと、傍らの女性に手で小さな合図を送った。女性は頭を下げて出ていった。

「旅館の造りが以前とは変わったようですが……」

野山が話し掛けた。

「隣りの旅館を買い取って、つなげたんです。広くはなったが、使い勝手が悪い」

女性が、盆にグラスをのせて入ってきた。ワインボトルの栓を抜いた。三人は赤ワインを目の前の高さに捧《ささ》げた。

「風呂に入るので、一杯だけにしてください」

小森は野山の耳に小さい声を入れた。

「お夕食には飛騨牛が出ますが、ステーキになさいますか、しゃぶしゃぶでお召し上がりになりますか」

会長の横に控えている女性がきいた。

「しゃぶしゃぶにしてください」

野山が答えた。彼は小森に、「どっちがいい」とはきかなかった。

会長は、「ごゆっくり」というと、女性の手を借りて部屋を出ていった。酔ってはいないらしかった。

小森の部屋は庭の見える一階。野山の部屋は二階で、林越しに高い山が見えるといった。

大風呂と露天風呂はガラス一枚で隣合っていた。野山がいっていたとおり岩に囲まれた露天風呂は広くて、仕切りがいくつかあり、深さのちがいが工夫されていた。

あすの天候を気にして空を仰いだ。一面灰色で雲は動いていなかった。

浴衣に半纏《はんてん》を重ねて夕食のレストランへ入った。野山は腰掛けてから首をぐるりとまわした。客は八組いた。一組は夫婦らしい外国人。男の二人連れは野山と小森だけだった。

コンロにかけた鍋の湯は煮えたぎっていた。霜降りの飛騨牛の皿が置かれた。小森は箸を使う前に、きれいにたたまれている牛肉をじっと見つめた。スーパーで買えば一切れが数千円ではないか。

箸ではさんで湯にくぐらせた。ぽん酢のタレで肉を口に入れた。溶けるようにやわらかだ。

「旨いな」

野山がいった。

「罰があたりそうです」

小森は、こんなにやわらかで旨い肉を食べたのは初めてだった。妻に食べさせたら泣くのではないか。飛騨の酒を頼んだ。表面がざらざらした銚子《ちょうし》には「円空」と黒い文字が焼き込まれていた。

野山は、山菜の天ぷらを、旨い、旨いといって食べ、盃を口にかたむけると酒を注げと腕を突き出した。二合ばかり飲んで、酔いがまわってきたらしい。

「そうだ。おい、ワインを飲《や》ろう」

会長と応接室で飲んだ一杯を思い出したのだろう。

「あとで、もうひと風呂浴びるんでしょ。酒はそのぐらいにして」

女性従業員がやってきて、

「マツタケご飯ですが、いかがでしょうか」

ときいた。

「もうマツタケか。一杯いただこう」

そういった野山は急に唇を震わせた。瞳が光った。いつもとは酔いかたがちがっていた。

「マツタケときいて、上村を思い出した。餓鬼のころ、おかあまと一緒に茸《きのこ》採りに山へいった。クリタケやシメジを採っているうち、おかあまがマツタケを見つけた。マツタケは何本も生えとった。家へ帰って囲炉裏で焼いて食った。あのときのマツタケを食いたい」

野山は片方の目から大粒の涙を落とした。小森が見る初めての表情だった。

露天風呂へ入り直した。湯面を冷たい風が通り抜けた。野山は少し酔っているので、小森は彼のそばをはなれずにいた。

珍しいことだが野山は、大きい声で演歌をうたいはじめた。歌詞をまちがえていたが小森は黙っていた。適当に酔って機嫌がいいのだろう。同じ歌を繰り返しうたった。

「満利っていう女は、どこへ行ったか。寂しいだろうな」

空を仰いだ。雲が裂けて星がのぞいた。星がいくつも見えだした。小森は上村で仰いだ夜空を思い出した。

あの傾斜地に建つ家に、七十七歳の野山戸音は独りで暮らしている。寂しいなんて思ったことはない、といって簡素な機《はた》織りに皺の寄った手を触れていた。

辛抱強い女性がもう一人いた。野上の妻の良子。彼女は病身だ。通いの八重が気を遣って世話をしているが、独りで病院へ行く日もある。孤独を感じているだろうが、不満を口に出さない人だ。

5

新穂高ロープウェイ乗り場には外国人が大勢いた。そのなかにいる日本人はほんの数人だ。鍋平高原《なべだいら》で降り、しらかば平から西穂高口へのゴンドラに乗り替える。

小森はここを何度も訪ねているが、いつもゴンドラの新穂高温泉を見下ろす側に乗る。孤高の錫杖岳《しゃくじょうだけ》を根元から頂上まで眺めることができるからだ。高度が上がると蒲田川《がまたがわ》が絹糸のように光った。

「きょうは、山がよく見えますよ」

小森は野山にいった。野山は手すりをしっかりつかんで小さくうなずいた。地上の風景が遠く小さくなっていくのが怖いのかもしれなかった。薄い雲が流れて陽差しが強くなった。

西穂高口の千石《せんごく》園地に着いた。そこの標高は二一五六メートルだ。展望台へ上がると、野山は、

「うわあっ」

と少年のような声を上げた。正面に西穂高岳《にしほたかだけ》と奥穂高岳《おくほたかだけ》が目の前に立ちはだかっている。山の色は濃い茶色であり濃い紫色にも見えた。間もなく稜線《りょうせん》は白い波を描くだろう。

「あんたは、どことどこの峰へ登った」

野山は連峰にカメラを向けた。

「奥穂《おくほ》にも、北穂《きたほ》にも、槍《やり》にも登っています」

いつも天気が悪く、この展望台から槍ヶ岳が眺められたのは初めてだった。

「この山を眺めていると、胃につかえていたものがすっと消えていくようだ」

野山は作品に、連峰を眺める人を書き込もうといった。

野山邸へ帰り着いたのは夜の七時すぎだった。

「お帰りなさい」

といった八重は、真っ赤な目をしていた。

良子は顔を伏せて、痩せた手でスープをすくっている。

「なにかあったのか」

野山が良子にきいた。顔を上げた良子の目も赤く、瞳は光っていた。

「八重ちゃんの……」

良子はスプーンを投げるように置くと、両手で顔をおおった。

八重は、

「すぐにお夕飯の支度をします」

といったが、しゃっくりをこらえているように肩が上下していた。

「政広さんが、工事現場近くの土砂崩れに巻き込まれて……」

行方不明になっているのだと良子がかすれ声でいった。

「土砂崩れ……」

野山は棒を呑《の》んだように立ちすくんだ。

現場へ行かないのかと八重にきくと、危険だからくるなと現地の人にいわれたのだという。

「あした、近くまで行って……」

八重はいって、火に掛けてある鍋のほうへ向き直った。

野山は八重の背中を、恨むような怒っているような目で見ていた。

「亭主は、すし屋を辞めていたのか」

「はい。お金になるからっていって、工事現場からトラックで土を運ぶ仕事をしていました」

「あした小森は、八重を工事現場の近くへ連れて行ってくれ」

野山は落ちるように椅子に座った。座ってからも八重の身動きを目で追っていた。


翌朝、小森は早朝に出勤した。

八重が調理した物を良子がテーブルへ移していた。食卓には光洋と忠太が並んで、味噌汁を吸っていた。

小森は腰掛けると、八重の夫が事故に巻き込まれたことを光洋と忠太に話した。

「知ってる。八重さんと小森さんは、きょう事故現場へ行くんでしょ」

光洋が箸を持っていった。

「そこはどこなの。どんなところなの」

忠太は最近妙な朝食をすると、八重にきいたので、小森は彼の手元を見ていた。まずご飯を盛った茶碗によく掻《か》きまわした納豆を掛ける。そこへお茶漬けのりを振り掛け、冷たい牛乳を注ぐ。それを飲み込むように音をさせて食べ、「はあっ」と口を開けた。

光洋は横目で忠太を見ていたが、なにもいわず、水を飲んで立ち上がった。彼は背中を向けている八重に、

「八重さん」

と声を掛けた。呼ばれた八重は、「はい」といって振り向いた。光洋は少し間をおいて、

「行ってきます」

といった。八重は唇を噛《か》んだ。光洋が口にしなかったことが分かってか、食堂を出て行く彼に頭を下げた。

小森は良子と向かい合って朝食をすませると、八重にきいたダムの工事現場を地図でさがした。そこは群馬県鬼石《おにし》町。神流川《かんながわ》の神流湖につながる下久保《しもくぼ》ダムの近くだった。関越自動車道の本庄児玉《ほんじょうこだま》インターチェンジを目指すことにした。

野山が食堂へ入ってきた。

「先生、忙しいのにすみません」

八重は急いでご飯を一杯食べると、箸を置いた。

「なにか分かったり、困ったことでもあったら、電話しなさい」

野山は八重にいうと、小森に向かって早く行けというように顎《あご》をしゃくった。

小森が食堂を出て行くと野山が追ってきて、

「なにがあるか分からんので、とりあえず……」

といって、現金の入った封筒を押しつけた。こういうときの野山は、よく気のつくいいおやじである。


土砂崩れのせいか神流川は濁った水を流していた。右手は鬱蒼《うっそう》とした森林の斜面、左手は濁流の川。川沿いの道路にパトカーや工事関係の車両が一列にとまっていた。白いヘルメットの男が車を降りた八重を認めて近づいてきた。胸に会社名と主任の名札を付けていた。

「岩本《いわもと》さんは、車ごと土砂崩れに巻き込まれてしまいました」

主任は顔をゆがめた。現在も土砂崩れがつづいているので、その現場へは近づけないのだという。

黙って主任の話をきいていた八重は、近づくことのできない崩壊地のほうを向いて手を合わせた。

主任に電話番号を教えて、藤岡《ふじおか》市へ退いた。そばを食べた。八重はもりそばを半分残した。

良子から小森に電話が入った。彼は店の外へ出た。彼女は八重のことを気にかけていた。

「さっきね、光洋が電話をよこして、八重さん大丈夫か、っていっていたの」

藤岡市内で旅館を見つけ、そこへ八重を休ませて、小森は久我山へもどった。

いつもの野山は執筆に取りかかる時間なのに、独り食堂でテレビを観ながらビールを飲んでいた。

「八重の亭主が遭難したのは、どんなところなんだ」

野山がきいたので小森は、山と森林の斜面と濁った川を説明した。

「写真を撮ったか」

「いいえ」

「気が利かないんだから」

野山は、小森にビールをすすめなかった。

小森は翌朝も早く出勤して、良子と光洋と忠太と一緒に朝食を摂った。忠太はけさも、ご飯に納豆とお茶漬けのりを掛け、冷たい牛乳を注ぐと、さらさらと音をさせて流し込むように食べ、熱い味噌汁を吸った。

「ゆうべ、八重さんは、どうしたの」

忠太が小森にきいた。藤岡市内の旅館に泊まったというと、

「ご飯、ちゃんと食べたかな」

と、良子の顔を見ていった。

「あなた、電話を掛けてあげたら」

忠太は返事をせず、自分が使った茶碗を流し台へ持っていった。

小森は二階の控え室で、きのう野山が書いた原稿をパソコンに入力した。札幌市の勤め先から自宅へ帰ってこなくなった夫の行方をさがす妻の話である。妻には不良性のある娘がいる。実家は近所だが、認知症の母がいるために、毎日、実家へ行っている。ひょっとしたら五十代になったばかりの夫には、好きな女性ができたのではないかと、心あたりをさぐっているうち、彼女に好意を持っている男が、そっと手をにぎる場面だった。

小森は、打ち終えた原稿を読み直していた。

階下から良子が、「お昼ですよ」と呼んだところへ固定電話が鳴った。小森が受話器を上げた。相手は群馬県警藤岡署員だと名乗った。

「神流川沿いの土砂崩れ現場から、岩本政広さんが発見されました」

「お気の毒ですが、お亡くなりになっていました」

「発見というと……」

小森は目をつむり、岩本の妻が藤岡市内の旅館に待機していることを伝えた。と、小森のポケットで電話が鳴った。八重からだった。彼女はたったいま、工事現場の主任から岩本が発見されたことをきいたといった。彼女の声はわりにしっかりしていた。

「岩本は、藤岡警察署へ運ばれてくるそうですので、わたしは、そこで……」

彼女は唸《うな》るような声をきかせて電話を切った。

小森は、まだ目醒めていないような顔の野山に、八重の夫の惨事を伝えた。

「覚悟はしていたが……」

野山は唇を嚙んだ。

小森は食堂へ入ると良子に、八重の夫の不幸を話した。

「小森さんは、早く八重ちゃんのそばへ行ってあげてちょうだい」

「私も行く」

野山は固く目を閉じていった。あふれてくるものをこらえているのだった。

「八重ちゃん。岩本さんの実家へ知らせたかしら」

良子は気を揉《も》んでいた。

第四章　秋の炸裂

1

岩本政広の火葬と葬儀は、堀ノ内《ほりのうち》斎場で簡素に執り行われた。

岩本の実家からは、父親と姉がきていた。母親は寝込んでしまった、と姉が良子にいった。姉は、八重の手をにぎっていた。

工事現場の関係者が二人出席していたが、小森は意外な人を見て近づいた。以前、岩本が勤めていた梅ずしの主人だった。

「うちにずっといれば、こんなことには……」

主人は唇を噛んで、不器用で生真面目な男だったといって、岩本の写真をにらんだ。

葬儀から一週間もすると八重は立ち直って、黙々と野山家の家事をこなした。光洋と忠太といい合いもしていた。

彼女は岩本と住んでいたアパートを引き払って、以前のように野山家へ住み込もうかと、良子と話し合っていた。それは良子の健康状態を気に掛けてのようだった。小森はときどき一階へ下りて、八重と良子を観察した。八重は良子の背中をさすっていることもあったし、寄り添うように腰掛けて、良子が力のない声で話すのをきいていた。


十月に入ってから野山の奇行が目につくようになった。

めったに車の運転をしなかったのに、夕飯のあと、車で出掛ける。目的地があるわけではなく、制限速度を度外視したスピードで走らせ、白バイに追いかけられたこともある。

「いまにおやじは、大事故を起こす」

光洋は気を揉み、「車の運転はやめろ」といった。

「うるさい。私は車の運転には自信がある」

「スピードを出して走りたけりゃ、レース場で乗ったら」

野山と光洋は、たびたびいい争いをした。

光洋は今年大学を卒業して、都庁に勤めている。

「おやじが暴走族みたいなことをしていると、おれはクビになるかも」

などと食事中にいうこともあった。

野山は散歩中に山羊を飼っている家を見つけた。走って帰ってくると、台所にあった菜っ葉をつかんで、山羊の小屋へもどった。山羊は菜っ葉を食った。それを飼い主が見つけ、「うちではちゃんとご飯を与えているので、よけいな物を与えないでください」といわれた。

飼い主のその言葉が野山の癇《かん》にさわった。

「よけいな物とはなんだ」といい返した。飼い主の女性は、「うちのチイちゃんに、近づかないで」とにらみ返した。野山の住所がどこで、なにを職業にしているかを知らなかったようだ。
二、三日後、果物を持った三十半ばの痩《や》せた女性が野山邸へやってきた。八重が応対した。
「先日は、大先生と知らず、失礼なことを申し上げてしまいました」

女性は山羊を飼っている者だといった。だれかに野山の住所と職業をきいたらしかった。

「うちの先生は、動物が大好きなんです。それにしても、山羊をお飼いになっていらっしゃるとは、珍しいですね」

八重は笑顔をつくった。

「以前は猿を飼っておりました」

女性はけろりとした顔をして帰った。

八重は二階へ上がってきて、

「他所の家の山羊に菜っ葉なんかあげないでください。山羊を見ているだけで、いいじゃないですか。山羊がお好きなら、お飼いになったら」

と、野山を叱りつけた。

それから四、五日後、野山は、散歩中に見つけたといって四、五歳の男の子を連れてきた。その子は粗末な服装をしていた。

「遊んでるうちに、道に迷ったらしい。家へ帰れなくなったっていったんで、連れてきた」

といった。

「先生。迷い子を連れてきてはまずいですよ」

「どうして。腹もへっているようだったし」

野山は台所から菓子の入った缶を持ってきて、少年に与えた。彼は缶のなかをのぞいてから、クッキーをつかんでうまそうに食べた。

小森が名前をきくと、「ゆうと」と答えた。名字は分からないようだった。住所も答えられなかった。年齢は、四歳とはっきり答えた。

「きみは、だれと住んでるの」

野山がきいた。

「お母さん」

「お母さんだけ……」

「そう」

少年は幼稚園に行っていないし、いつも独りで遊んでいると答えた。

「もしかしたらこの子、捨てられたんじゃないか」

野山だ。

その可能性は考えられる、と小森はうなずいた。そういう子どもを何時間もここへとめておくのは考えものだ。警察に連絡すべきだと野山にいった。

「きみ、オセロをやったことある」

野山は笑顔で少年にきいた。彼はなんのことか分からないらしく首を横に振った。

八重は、応接間で野山と向かい合っている少年を観察してから、にぎり飯をこしらえた。彼はそれを二つ食べた。

インターホンが鳴り、「警察の者です」と太い声がした。

制服警官は三人やってきて、この家に少年がいるだろうといった。野山が少年の手を引いて門のくぐり戸を入るのを、近所の人が見ていたのだった。その二時間あまりあと、テレビが臨時ニュースを流した。少年の母親が、「子どもがいなくなりました」と、交番に届けた。警察は少年の行方をさがすとともにテレビ局に呼び掛けを依頼した。そのニュースを観た人が、野山が少年を連れて門をくぐったのを思い出して、警察に通報した。あやうく誘拐事件ととらえられるところだった。

光洋と忠太は、帰宅して八重から話をきいた。

「小説を書いているのに、世知に疎《うと》いんだ」

と、光洋は父親をけなし、

「小森さん、おやじをしっかり監視してくださいよ」と、頭の上でいった。

野山は散歩に出掛けないし、車にも乗らなくなったが、巡回中のパトカーが野山邸の近くにとまるようになった。重点警戒地と目されたようだ。

十月下旬とは思えない暖かい日、午後七時のNHKニュースは、高山市の宮川で身元不明の男の溺死体《できしたい》が発見された事件を報じた。その男は背中を野球のバットのような凶器で殴られ、川へ突き落とされたらしいことが判明した。男は汚れた服装をしていたし、食事を満足に摂っていなかったのか、からだは衰弱していたという。

自転車で自宅に帰り着いた小森に、野山が電話をよこし、ニュースが報じた男のことが気になるといった。

「先生は、その男が鹿久保和也ではないかと思われたんですね」

小森がいった。

「汚れた服装をして、からだが衰弱していたっていうから、ホームレスの鹿久保じゃないかって、ぴんときたんだ。それに高山市というのもひっかかる」

「たしかに」

小森がそういうと、九時のニュースでもやるかもしれないと野山はいって電話を切った。

次の日の朝、小森は九時に出勤した。それをどこかで見ていたように高井戸署の松下と井上刑事がやってきた。八重が眠っていた野山を起こした。

「高山の警察から連絡があって、きのう市内の宮川から遺体で発見された男性は、住所がここになっている小森甚治さんの名刺を持っていたんです。高山署は男性の写真を送ってよこしました。この前、三鷹台駅の近くで保護され、事情をきいた男でした。私たちは男に、出身地や、住んでいたところをききましたが、答えませんでした」

松下があくびをした野山の顔を見ながら語った。

その男は、犯罪に関係しているようではなかったので、高井戸署は彼を放免した。

「野山さんは、ホームレスの男と、何時間か話をしたということでしたね」

松下は声に力を込めた。

「ええ」

野山はあくびをこらえて口に手をあてた。

「その話のなかで、男は高山という地名を口にしたことがありましたか」

「なかったと思います。いや、なかった」

野山はいい直した。

「男は、背中をバット状の物で殴られて、川へ突き落とされたらしい。川の水を吸引していたので溺死だが、男を殴った犯人は、殺すつもりだったと思われます」

松下はそういってから、野山の反応をためすように口を閉じた。

井上が咳払《せきばら》いした。

「ホームレスの男の言葉には、地方訛《なまり》がありましたか」

「そう。どこかできいたことがあるような訛が、たしかにありました」

野山はとぼけるのがうまいなと小森は感心した。

「その訛は、東北方面でしたか、それとも関西方面でしたか」

井上はノートを手にしてきいた。

「東北方面だったようでした。……刑事さんもその男に会っているんでしょ。どの辺からきたのか、見当がついたんじゃありませんか」

野山の切り返しに遭って、井上はまばたいた。

お茶を持ってきた八重が、小森の耳に、

「奥さまと病院へ行ってきます」

とささやいた。小森は彼女を見直すように背中を目で追った。

2

高井戸署の刑事が帰ると野山は、

「寝不足だ、寝不足」

といって、自分でコーヒーを立てた。二人前立てるだろうと小森は見ていたが、それは甘かった。野山は一人前を大ぶりのカップに注ぐと、それを持って二階へ上がっていった。

午後一時、ふたたび高井戸署の二人の刑事がやってきた。

良子も八重もいないので、野山と小森はお茶漬けを食べた直後だった。

二人の刑事を応接間へ上げたが、野山は機嫌を損ねた顔でタバコをくわえていた。

「私たちが、あらためてお邪魔した理由が分かりますか」

松下が低い声で野山にきいた。

「分かりません。もったいぶったことをいってないで、用件を早く」

野山は口をとがらせた。

「あなたは文芸雑誌に、『秋の炸裂《さくれつ》』という小説を連載なさっている。それには飛驒高山の地名が出ている。主人公は殺人を犯して高飛びする。なんだか事実を小説に仕立てているようですが、野山さんは新宿で会ったというホームレスの男から、なぜホームレスをしているかを、詳しくきいていたんじゃないですか」

「彼に私はききました。なぜこんな生活をしているのかとね。すると彼は、仕事をするのが嫌になったというようなことを、ぐずぐずといっていました。……たしかに私はその男の話をヒントにして書いている」

「小説には札幌が出てくる。ホームレスの男は札幌にいたことがあると話したんですか」

「創造です。遠方から東京へ出てきたことにするほうが、ドラマチックだからです」

「ホームレスの男は、札幌で犯罪を犯したので、東京へ逃げてきたのではありませんか。小説にはそんなふうに書いてありますが」

「創造だといってるでしょ。創造が、たまたま事実に似ている場合があります。小説に書いてあることを、事実と判断する。刑事さんにしては、ちょっと幼稚じゃないですか」

「幼稚とは、失礼な。……知っていることを知らないというと、罪になりますよ。……札幌では、スナックに勤めていた女性が、同居していた同僚の女に睡眠薬を服《の》まされた可能性がある。クスリを服ませたと思われる女は逃走したらしい、という事件が起きている。その事件を野山さんは、ホームレスの男からきいたのではありませんか」

「きいていません」

野山は横を向くと、

「勝手な想像をして、刑事がたびたびやってくる。これは強迫になるんじゃないかな」

二人の刑事は憮然《ぶぜん》とした顔をして椅子を立った。

小森は、すすきののスナック紫のかつ美から、川澄満利は高山市の出身らしいときいて、高山へ事実をさぐりにいっている。そのことが高山の警察に知られたら、警視庁へ連絡するだろうか。

それを野山に話し、追及を受けるのではないかというと、

「面白そうな情報を耳に入れたので、事実を詳しく知りたくなった。それで高山へ行ったんだ。高山で人を脅したり、物を盗ったわけでもないだろ。もし、追及されたら、『行きましたよ』って答えておけばいい。……警察の捜査よりも小説のほうが先行している。これは面白いことになるぞ」

きょうの野山は寝不足なのに、胸を張った。だがあとで罰をくらうことになりはしないかと、小森は気を揉んだ。

小森は野山の人柄を、豪胆とみることもあるし、厚かましいとみることもあるし、ずぼらと判断することもある。

野山邸には週に一度ぐらいのわりで、出版社や新聞社の人が訪れる。原稿の依頼や、書いて送った原稿に矛盾する点があると、それの訂正と突き合わせにやってくる。各社の編集者は事前に電話で訪問の日を決める。野山はその人たちに会う時間を午前十一時と伝えている。起床が十一時なのに、どうして十一時と伝えるのかと、小森は忠告したが、

「十一時でいいじゃないか」

と、むっとした顔をされた。

どの編集者も午前十一時きっかりにインターホンを鳴らす。八重が、「どうぞお入りください」と応じる。普通の人は起きて、来客を待っているものなのだが、野山は高いびきをかいている日がある。

八重が野山を起こしにいくと、なにかをぶつぶついいながら階段を下り、応接間で待っている編集者に、

「きょうは、なんの用かね」

などと真顔できくことがある。野山を担当する人は我慢強くないとつとまらない。

その点八重は、野山のずぼらを心得ている。来訪者が待っているのに二十分経っても三十分経っても起きてこないと、二階のベッドに寝ている野山の布団をはがすらし

りしている。

い。そのとき良子はというと、食堂の椅子にすわって新聞を読んだり、テレビを観たりしている。

夫を亡くした八重は、家財を整理して野山邸へもどってきた。野山邸にいると彼女は二十四時間働いているようだが、それを光洋と忠太がねぎらっている。

夜八時、野山が書斎で執筆に取りかかる。良子が床に入る。すると光洋か忠太が食堂へきてビールの栓を抜く。八重は犬のアキタの足を洗って食堂へ招く。

「わたし、お酒が強くなっちゃったみたい」

八重がいうと、

「前から強いよ」

光洋はそういって、八重のグラスに注いでいる。

「うちに、遊介っていうヘンな動物がいなかったら、平穏なのにな」

というのは忠太の口癖だ。

彼らの「宴会」に小森も参加したことが何回かある。彼は八重を観察した。彼女は、旨そうにビールを一杯飲み、そのあと日本酒を飲む日がある。出身地である男鹿の話をしたこともあるし、光洋と忠太の話に耳をかたむけていることもあるが、盃を手にしながら、音のするような大粒の涙をこぼしたことがあった。ものをいわず、落ちる涙を手の甲で拭《ふ》いていた。

良子は寝床で、かすかにきこえる二人の息子と八重の笑い声を、きいているにちがいなかった。


野山は月に二度ばかり銀座へ飲みに出掛けていた。タクシーで向かうこともあるが、社会見学と称して電車に乗る日もあった。

彼の行きつけの店は銀座七丁目の［クラブ幻華《げんか》］。その店にはホステスが常時十人ぐらいいる。小森は連れて行かれたことがあったが、ホステスは全員裾《すそ》を引きずるようなドレスを着ていた。五十歳見当のママは和服で、野山が入っていくと、

「まあ野山先生、わざわざお運びくださって、ありがとうございます」

といって、彼の手をにぎった。

野山はその店で、作曲家の木ノ股昭幸《きのまたしょうこう》と知り合った。木ノ股は一日おきくらいに飲みにきているらしい、と野山は小森に話した。

「木ノ股昭幸は演歌のヒットメーカーだ。あんたは知ってたか」

ときいたことがあった。

「名前は知っていました。『湯の街ブルース』『ただようよこはま』などを作った方で

した」

野山は作家と知り合いになっても、それを小森に話したりしなかったが、作曲家と知り合いになったのはうれしかったようで、

「木ノ股さんは、私の本を何冊も読んでくれていた」

と、いっていた。

十一月一日の真夜中である。寝床へ入ったばかりの小森に八重から電話があった。この夜中に、ただごとではない、と小森は直感した。

「先生が、警察に捕まりました」

八重の声がうわずっていた。

「警察に。……なにをしたんだ」

「分かりません。築地署から電話で、野山さんは今夜は帰れないのでっていわれました。わたしはなにをすればいいのか……」

「八重さんは、家にいればいい。これから私は築地署に行ってみる」

小森は服装をととのえてタクシーに乗った。

銀座は築地署の管内だ。野山は銀座へ飲みに行った。その先はクラブ幻華だったと思われる。今夜の彼は、クラブ幻華で酒に酔って暴れたのだろうか。彼は酔うと眠っ

てしまう。小森の知るかぎり暴れて人を傷つけたりはしない人だ。もしかしたら店のなかで客と喧嘩《けんか》をしたのではないか。警察が介入したというと、刃物でも振りまわしたのだろうか。

深夜の築地署はあかあかと灯りを点けていた。一階は閑散としていたが案内された二階には五、六人のかたまりが二か所にあった。

小森が、野山遊介の秘書をつとめていると名乗ると、捜査一課の水沼《みずぬま》という四十半ばの刑事と三十代半ばの刑事が、小森をソファに招いた。

「絹谷瑠里《きぬたにるり》という女性を知っていましたか」

ときかれた。

「知りません。どういう女性ですか」

「クラブ幻華のホステスです」

水沼はそういうと、小森を観察する目をした。

「幻華は知っています」

「絹谷瑠里さんは、中央区月島のマンションに住んでいましたが、きょうの午後六時ごろ、何者かに刃物で腹を刺され、そこからの失血で死亡しました。その事件の所轄は月島署です。彼女は外出の服装をしていました。……野山遊介さんは、絹谷瑠里さんとはたいそう親しかったようです。小森さんは秘書なら、そういうことを知っていたでしょうね」

「いいえ」

野山には銀座のクラブかバーに親しいホステスがいるのではと推測はしていたが、名前などは知らなかったし、親しさの度合いの見当もついてはいなかった。小森が知るかぎり、野山は女性との問題で家庭に波風を起こしたことはなかった。

「野山が絹谷瑠里さんという女性と親しかったのが事実だとしても、なぜ取り調べを受けることになったんですか」

「事件の被疑者だからです」

水沼は傲然《ごうぜん》といった。

「なぜ、被疑者にされたんですか」

「きょう、野山さんは、何時に自宅を出ましたか」

水沼は、小森の質問を無視している。

「たしか、午後五時ごろだったと思います」

「間に合うな」

水沼がつぶやいた。若いほうの刑事はメモを取った。

「野山は、現在、どうしていますか」

小森は野山の現状が気になった。

「酔っぱらって、眠っています」

水沼は口元をゆがめた。小森はあらためて水沼の顔を見て気付いたが、彼の額には刃物によるような傷跡があった。

「それでは、取り調べはできなかったんでしょ」

「絹谷さんが被害に遭った時間帯に、どこにいたかをきいたところ、銀座六丁目のカフェの観月堂《かんげつどう》にいた、とひと言答えました。それで観月堂へ行ってたしかめたところ、店員の二人が、いなかったような気がすると答えた」

小森は、野山がどこで警官に捕まったのかを尋ねた。

築地署は午後六時十分ごろ事件発生を月島署から伝達された。月島二丁目のDマンションの住人の男性が、自室から五階の通路に出たところ、五〇五号室から男が飛び出てきて、階段やエレベーターのほうへ走って逃げた。それを見た住人は不審を抱いて、五〇五号室のドアをそっと開けてみた。すると玄関のたたきに女性が倒れてもがいていた。血を流しているのも分かった。住人は事件を直感し、一一〇番通報して、五〇五号室に住んでいる女性と思われる人が血を流していると伝えた。その通報を受信した係官は一一九番を呼んだもようで、Dマンションへは救急車とパトカーが到着した。

血を流していた女性は、病院へ着く前に救急車内で死亡が確認された。マンションのたたきに落ちていたバッグのなかの物から氏名と二十八歳であることが判明した。バッグには店の名刺も入っていた。

一一〇番通報した男性の目撃談から、マンションの通路を走って逃げて行った男に絹谷瑠里は刺されたらしいことが推測された。

月島署は、被害者が銀座のクラブ幻華のホステスであることを築地署に伝えた。築地署はただちにクラブ幻華を訪ねた。するときょうの瑠里は、作家の野山遊介と食事をして、店へ同伴することになっていた、と店長が答えた。

野山は、午後八時ごろズボンのポケットへ手を突っ込んで、独りでクラブ幻華へ入ってきた。店長は事件を知っていたので、野山をいちばん奥の席にすわらせた。野山は、「瑠里と観月堂で六時に待ち合わせしたのに、彼女はこなかった。それで電話したら、電源が切られていた」と、いつになく小さい声でいった。店長は一瞬迷ったが、瑠里は今夜、事件に遭ったらしいと話した。

「事件に……」野山は眉間《みけん》を寄せて腕組みした。ママが出勤した。店長が、築地署員からきいたことを伝えるとママは、野山の横にすわった。

野山は一時間ほどいて、「帰る」といって席を立った。瑠里のいない店には用はないといっているふうだった。

午後十時半ごろ、築地署員はふたたび幻華を訪ねた。野山がきている可能性を考えたからだ。幻華の店長は野山が飲みにいくスナックを知っていた。八丁目の「はなざわ」という店へ行っているかもしれないと伝えた。

野山は、はなざわのカウンターで上体をゆらゆらとさせていた。築地署員は、「ききたいことがあるので、署へ同行して」といった。「ききたいことがあるんなら、ここできけ」野山は水割りグラスを音をさせて置いた。署員は彼をなだめて署へ連れていった。彼はパトカーのなかで眠り込んだ。

3

築地署で朝を迎えた野山遊介は、月島署へ移された。彼は、タバコを買ってきてくれといって小銭入れを若い刑事に渡した。

熱いお茶をもらって飲むと、ゆうべからろくな食事をしていないので腹がへったといった。

月島署では大竹《おおたけ》という五十歳の刑事が野山と向かい合った。大竹は、いつから絹谷瑠里と付き合っていたかを野山に尋ねた。

「一年ぐらい前かな」

野山は顎に伸びた無精髭《ぶしょうひげ》を撫《な》でた。

「どこで知り合ったんですか」

「クラブ幻華に決まっているじゃないですか」

「あの店へは、いつごろから飲みに行っているんですか」

「五年ぐらい前から」

「絹谷さん以外のホステスと親しくなったことは」

「ありません」

「十人以上いるホステスのなかから、絹谷さんを好きになったんですね」

「そうです」

「絹谷さんとは、深い関係になっていたんですね」

「ええ、まあ」

「店へ同伴する日以外の日に会うことがあったんですね」

「ええ」

「どういうところで会っていましたか」

「そんなことを細かくきいて、どうするんですか」

「捜査です。野山さんは、彼女とは特に親しい間柄の方でした。もしかして、彼女の行動に疑問を持つようになったかもしれない。あなたは彼女の住所を知っていた。訪ねていったこともあったんじゃないですか」

「ちょっと待った。私が絹谷瑠里の行動に疑問、いや、ヤキモチを焼いて、彼女を殺したとみた。そうですか」

「あなたには、そういう動機が考えられるからです。私の質問に正直に答えてください」

野山は大竹の顔をひとにらみすると、上着の内ポケットからノートとペンを取り出した。

なにを書くのかと大竹がきくと、殺人事件の被疑者に対して、取調官はどんなことをどんなふうにきくのかをメモするのだと答えた。

「なぜそんなことをメモするんですか」

大竹は目を光らせた。

「仕事の参考にするんです。めったにないことだからね」

月島署は、手に負えないと思ってか、野山を放免した。彼の指紋を採ったり毛髪を拾ったにちがいない。

月島署へは小森が迎えに行った。同署は小森から、野山の日常と、絹谷瑠里と親しくしていたことを知っていたかなどをきいた。

小森は、車の助手席に野山を乗せると、

「ご苦労さまでした」

といった。

「私が人殺しをするわけがないじゃないか」

「殺人を疑われたのは、初めてですか」

「あたりまえだ」

「先生は売れっ子ですから、刑事たちは羨《うらや》ましがって、意地悪をしたんじゃないでしょうか」

「ちくしょう。いつか敵《かたき》を取ってやる」

野山は、あくびとくしゃみをした。

「警察はこういう見方をしていることが考えられます」

「どういう見方だ」

「絹谷さんは玄関で刺されたもようです。彼女はドアを一歩出たところだった。犯人は彼女が自宅を出て行く時刻を知って張り込んでいた。先生が犯人にそれを教えたと」

「バカバカしい……」

自宅に着くと、野山は勝手口から入るといった。「お疲れさまでした」といって出てきた八重に、塩をふりかけてくれといった。厄払いだ。

野山は、「眠い、眠い」といいながら食堂でコーヒーを飲んだ。その彼を、良子と八重が、珍しい動物に会っているような目をして見ていた。

野山は仕事が気になるのか立ったまま書斎のデスクの原稿用紙を見下ろしていたが、

「きょうはダメだ」

といって、ベッドにもぐり込んだ。

午後六時をすぎたが、小森はパソコンに向かっていた。と、思いがけないところから電話があった。

「くれは音楽事務所と申します」

渋い男の声だ。

「どんなご用でしょうか」

小森は、秘書だがと断わって、野山はただいま寝んでいるといった。

「野山先生に、歌謡曲の詞を書いていただけないかと思いまして」

と、今宮《いまみや》と名乗った男は丁寧な言葉遣いをした。

「歌謡曲の詞……」

野山にこの種の依頼は初めてではないか。彼は、面倒だといって断わるか、それとも、ヒット曲として売れたら大金を手にすることができると考え、引き受けそうな気もした。

「あのう、一言おうかがいしますが、有名な作詞家の先生がいらっしゃるのに、どうして、野山に……」

「野山先生の小説を拝読しておりますと、ところどころに、歌謡曲の詞に使いたくなるような描写がございます」

「そうですか」

「たとえば、つい先日拝読いたしました『越前《えちぜん》の霧』という小説のなかに『日の下の小さな港へ船が入ってきて、日が暮れた』という描写がございました。失礼ないいかたですが、平易な表現のようですけれど、陽が沈んだあとの静かな漁港の情景が、目に浮かびました」

「分かりました。目を醒《さ》ましましたら、今宮さんのおっしゃったことを伝えます」

夜八時。良子、光洋、忠太、八重に小森が加わって夕食がすんだところへ、野山が食堂へ入ってきた。八重が差し出した水を飲み干すと、音をさせて椅子に腰掛けた。

「ご飯、召し上がりますか」

八重がきくと、野山はいなりずしを食いたいといった。

「今夜は、マーボー豆腐にイカフライ。おいなりさんはあしたつくります」

八重は、野山の口を封じるようにいった。

野山は目をこすると、ポケットからタバコを取り出した。

「ここでタバコを吸うな」

忠太だ。

「おやじは、ヘンな女にひっかからないでよ」

光洋は父親をにらみつけた。

「ヘンなとはなんだ」

「おやじが捕まったら、おれは都庁を辞めなきゃならないんだよ。おれは都知事の秘書室に勤めている。うちにちょくちょく刑事がきているのを、近所の人は知ってると思う」

「おれは、ろくなところへ就職できないだろうな」

大学三年生の忠太は頭に手をのせた。

野山は下唇を突き出した。

「にぎり飯をつくってくれ。中身はおかか」

八重は、「はい」といって調理台を向いた。

「夕方、六時すぎに、くれは音楽事務所の今宮さんという方から、電話がありました」

今宮が、歌謡曲の詞を書いて欲しいといったことを、小森は伝えた。

「引き受けたのか」

「先生の承諾なしに、引き受けたりはしません」

「私が書いた詞に木ノ股昭幸さんが曲を付ける。その歌を森岡進一《もりおかしんいち》か坂上小夏《さかがみこなつ》がうたう。もしもヒットしたとしたら、病みつきになるだろうな」

野山は、天井を向いて瞳をくるりと動かすと、メモ用紙を丸め、それを口にくわえた。作詞の依頼に興奮しているようだった。

十一月五日、小森は午前九時前に出勤した。

八重がいれてくれたお茶を飲んでいると、月島署の大竹刑事が、三十代の刑事を伴って訪れた。八重は二人を応接間に通すと、野山を起こしにいった。

十分以上経って、野山は応接間へ入ってくると、

「こんなに早い時間に、なんの用ですか。事前の断わりもなしに」

彼は、顔も洗っていないようだった。

小森が野山の横にすわった。機嫌のよくないときの野山はなにをいい出すか分からないからだ。

「特別、早い時間ではないと思いますが」

大竹は表情を変えずにいって、ノートを手にした。

「私にとっては、真夜中なんです」

「それはそれは申し訳ありません。なにしろ重大事件ですので」

「また、なにか起きたんですか」

「絹谷瑠里さんが刺された事件です」

「私は、彼女の事件には関心がない」

野山は刑事を追い返したいのか、吐き捨てるようないいかたをした。

「絹谷さんの部屋を最近訪ねたのは、いつでしたか」

大竹は凍ったような冷たい目をしてきいた。

そうか。野山はマンションの彼女の部屋を訪ねていたのか。その部屋からは彼の痕跡《こんせき》が採取されたにちがいない。小森は野山の横顔に目をあてた。

野山は頭に手をやって、十日ほど前だと答えた。

「彼女の部屋へは、何回ぐらい訪ねていますか」

「何回なんて、憶えていません」

「数えきれないほど何回も行っていたということですね」

「まるで日参していたみたいないいかたをしないでください」

大竹たちは、なにかをノートに書きつけると、「きょうは、これで」といって立ち上がった。

二人の刑事が出て行くと、野山は八重に、「塩を撒《ま》け」といった。八重は目で笑っただけだった。

「絹谷さんの出身地はどこですか」

小森が食堂の椅子にすわっている野山にきいた。

「千葉県の銚子《ちょうし》市だ。半年ぐらい前だったか、銚子の名物だっていって、煎餅《せんべい》をくれたことがある」

「珍しい名字ですが、本名でしょうね」

「本名だ。彼女の運転免許証と保険証を見たことがある」

「両方を彼女が見せたんですね」

「いや、鏡の前へ重ねて置いてあったんだ。……彼女のことを調べたいのか」

「彼女は、何者かから恨みを持たれていたんだと思います。彼女を刺した犯人は、先生にも恨みを抱いていそうな気がします。先生は危険圏内にいる人ですよ」

「脅すようなことをいうじゃないか」

「私は、痴情による犯行とみています」

「あんたがいうと、きょうにも私の身になにかが起こりそうな気がする」

「当分、銀座へは飲みに行かないでください。散歩も、独りでは危険です」

野山は、八重のたてたコーヒーを飲むと書斎へ上がった。

良子は食堂へ出てこなかったので、八重に体調がすぐれないのかときいた。八重は庭を指差した。小森は窓から庭をのぞいた。良子は背中を丸くして雑草をむしっていた。彼女の横にはアキタが寄り添っている。

4

午後五時すぎ、ドアに孫の手のノックがあった。

「やってはみたが、ダメだ」

きょうは月刊誌に発表している長篇小説を書いているものと小森はみていたのだが、野山は歌謡曲の詞を考えていたのだった。作詞を正式に引き受けたわけではないが、書けるかが気になっていて、小説が手につかないようだ。

「書いてはみたが、気に入らない。今宮という人は、私の小説をほめたというが、勘ちがいしているんじゃないかな。詞を一行考えているあいだに小説なら十枚は書ける。……そうだ、あんたが書いてみてくれ。ひょっとしたら、あんたは詞を書けるかも」

いまが旬といわれている作家が、震えているように首を振った。

小森は、早く断わるべきだと思ったので、くれは音楽事務所の今宮に電話した。

「ご依頼の件を、野山に話しましたところ、目下、長篇小説をいくつも抱えておりまして、時間に余裕がありません。ありがたいお話でしたが、今回はお引き受けできませんので」

「そうですか。それは残念です。もしも、ひょっとした拍子に、詞が浮かびましたなら、それを拝読させていただきます」

今宮はいって電話を切った。

歌謡曲の詞というのは、考えて、考えて、長時間をかけてつくるものではなく、道を歩いていたとき、電車に乗ったりしているとき、ヒントがふっと頭に浮かぶ。十分か十五分で旋律を持った詞が出来上がるものなのではないか。

野山はときに、胸を張って傲岸《ごうがん》なものいいをすることがあるが、才能の限界を感じる日もあるのではないか。

小森は一度、野山が執筆しているデスクの下をのぞいたことがあった。そこにはシーツのような灰色の布をかぶっている物が押し込まれている。彼はその布をそっとめくってみた。と、書籍が積まれていた。なぜ本を隠すように積んでいるのかと首をかしげて目を近づけると、それは少年少女向けの物語や歴史の本や天体の解説書や図鑑だった。そのとき小森は、野山が酒に酔って、「おれは、学校も出ていないので」と、ふと洩《も》らした言葉を思い出した。布におおわれている三十冊ほどの本は、かつて読んで学んだものばかりではなく、いまもときどき手に取っているのではないかと想像した。

野山は、歌謡曲の詞を読んだことがあっただろう。それは平易な言葉の羅列のようだが、物語性があった。そのとき彼は、作詞家の特別な才能を見たのではないか。

彼は歌謡曲の詞らしいものを一篇や二篇は書けるだろうが、恥をかきたくなかった。それで断わるほうが賢明と踏んだのだろう。


小森は月島へ行き、道路から絹谷瑠里が暮らしていた十階建てのマンションを見上げた。彼女の部屋は五階だった。見上げているうちに灯りが点く窓があった。彼女が住んでいた部屋の両隣が明るくなった。入居者は水商売勤めではないのだろう。

近くに警官らしい人の姿がないことを確かめて、マンションへ入った。

瑠里が住んでいたのは五〇五号室。小森は五〇六号室のインターホンを押した。女性が応じた。彼は名乗って、絹谷瑠里についてききたいことがあると告げた。

「警察の方ではないのですね」

「警官ではありません。絹谷さんのことを調べている者です」

カチッという音がしてドアが十センチばかり開いた。三十歳ぐらいの女性は小森の風采《ふうさい》を吟味した。彼女はドアのなかへ小森を入れるのかと思っていたら外へ出てきた。

「隣の部屋で事件が起きたので、引っ越しすることにしたんです。五〇四号室の方も引っ越すそうです」

　彼女は会社を休んで荷造りをしているところだといった。

「私が知りたいのは、絹谷さんの部屋へは、どんな人が出入りしていたかです」

「警察でもないのに、どうして絹谷さんのことを……」

「私はある人の秘書をしています。その人は、銀座の店で絹谷さんと知り合ったというだけで、警察から疑われました。その人にかかった嫌疑を、晴らさなくてはなりませんので」

　彼女は顎《あご》に指をあてて考え顔をしていたが、瑠里の部屋へきていた人を二人知っているが、といってから口をふさぐように手をあてて、

「わたしからきいたとはいわないでください」

と、キツい目をした。小森は、絶対にいわないと約束した。

「一人は、矩形《くけい》の大きい時計を右手にはめている女性。その人を何回か見ました。日曜に絹谷さんと、近くのスーパーで買い物をしているのを見掛けたこともありました。背が高くて、髪は茶色です。絹谷さんと同じ店に勤めている人かもしれません」

「もう一人は、どんな人ですか」

「わたしの知っている人です。向こうはわたしを憶えていないでしょうけど、わたし

は知っていました」

「どこのだれかということも……」

「はい」

彼女は口元をわずかにゆがめた。

「名前をご存じなんですね」

「名字だけは」

「男ですね」

「男性です」

「どこのなんという人ですか」

「薄井《うすい》という名字です。ここから佃《つくだ》大橋へ向かって一キロほどのところに、内科医院があります。そこの先生です」

彼女は一年ほど前に胃の不調を覚えたのでその医院で診察を受けた。医師は四十半ばぐらいで、丁寧に診て、薬を処方し、食べ物への注意を助言してくれた。

「その医院には、あなたを診た医師がいるだけでしたか」

「受付と看護師の女性はいましたけど、先生は一人でした」

彼女は薄井医院で診察を受けた一か月ほど後、近くのコンビニの横の駐車場で薄井医師が車を降りるところを見掛けた。医師は彼女が住んでいるマンションへ入り、五〇五号室を訪ねた。それは水曜で、医院の定休日だった。

「その日、あなたは勤め先を休んでいたんですね」

「わたしは、月に二回、在宅勤務があります。それが水曜なんです」

彼女が、マンションの五〇五号室を訪ねる薄井医師を見掛けたのは一度だけかときいたところ、二回見ている、と答えた。それはいずれも水曜の日中だったという。一回だけなら往診ということも考えられたが、二度目を目撃したときは、絹谷瑠里との仲を怪しんだと彼女はいった。

警察は当然だが五〇六号室の彼女から、瑠里の部屋を訪ねていた人についての聞き込みをしている。だが彼女は、五〇五号室を訪ねる人を見たことはなかったと答えたという。

なぜかというと警察は、情報提供者の都合もきかず、もっと知っているだろう、もっと別のことも知っているのではと、しつこくきくにちがいないからだといった。転居する目的のひとつがそれだともいった。

小森は薄井医院を見にいった。普通の民家のような二階建てで、入口の軒下に小さな電灯が点いていた。白い看板には［内科・小児科］という黒い文字が浮いていた。

銀座のクラブ幻華へ行って、店長をドアの外へ呼び出した。月島の薄井という医師が飲みにくるかときいた。店長は、きたことはないと思うといった。

するとﾠ瑠里は患者として薄井医院を訪ねて、医師を知ったのではないか。


小森は野山邸へもどった。食堂には良子だけがいてテレビを観ていた。彼女の前にはビスケットの缶が置かれていた。

「先生は、仕事ですか」

「そうだと思います」

良子は微笑した。口を囲む皺《しわ》が深くなったように見えた。

「小森さん、なにか飲みますか」

「いや、結構です」

小森は軽く頭を下げると二階へ上がった。ドアをノックすると、

「おおう」

と返事があった。午後十時近くになっている。

「お仕事中、すみません」

「どうしたんだ、こんな時間に……」

野山はペンを置くと椅子を回転させた。

「絹谷さんの部屋を訪ねていた人が、二人分かりました」

「調べたのか」

「マンションの五〇六号室の女性に会ってきました」

「その人は、よく喋《しゃべ》ったな」

「警察じゃないからです」

「なるほど」

「一人は、クラブ幻華の同僚ではないかと思われる女性です。その人は右手に矩形の大きい時計をはめているそうです」

「その女は、丸林杏《まるばやしあん》だ。瑠里と一緒にすしを食ったことがある。青森の出身で、話していいるうち津軽の言葉が出てくる。瑠里とは仲良しだった」

野山は、コーヒーを飲みたくなったといった。二人は一階の応接間へ移ることにした。コーヒーは小森が立てた。さっきテレビを観ていた良子は、寝室へ行ったようで、テレビは消してあった。

「もう一人は、月島の薄井という開業医です。絹谷さんの隣の女性が、絹谷さんの部屋を訪ねる薄井医師を二度見ているといいました」

「その医師は、何歳ぐらいなんだ」

「四十代半ばのようです」

「月島署は、その医者と瑠里の間柄をつかんだだろうか」

「どうでしょうか。私はあした薄井医院を見に行ってきます。医院が診療をつづけていたら、警察の手は延びていないことになるでしょうね」

「医者の名は中央区の医師会へ電話できける。医者と瑠里の間柄をどんなふうに警察に伝えるか」

野山はタバコをくわえて腕組みした。

5

翌日、小森は月島の薄井医院をのぞいた。

待合室には高齢の男女と幼児を抱いた若い女性が、長椅子に腰掛けていた。受付をしている女性はメガネを掛けた三十代後半で、高齢の男と話していた。いつもどおり診療が行われているということは、医師に異状がない証拠だ。それとも薄井医師には診療していられない事情が生じていて、代診の医師がきているのか。

小森は、受付のカウンターや壁に注意書きなどが貼られているのを見てから外へ出ると、看板の電話番号を見て電話を掛けた。診療は薄井医師が行っているかを尋ねた。受付係と思われる女性が、「はい。薄井先生が診ていますが……」

怪訝《けげん》そうな返事をした。

小森は、ゆうべのDマンションの五〇六号室の女性の顔を思い浮かべた。つくり話をされたとは思えなかった。

中央区の医師会へ電話して医師の氏名を尋ねた。薄井京児《きょうじ》だと分かった。

野山邸へ帰ると、思いがけない来客がいた。高井戸署の松下と井上刑事が、応接間で野山と向かい合っていた。

小森を見た松下は、

「ちょうどいい。いま野山さんに小森さんのことを伺おうとしていたところでした」

といって目を光らせた。

小森は野山の横へすわった。

「小森さんは先月、高山市へ行って、川澄満利という女性のことを調べていますね。川澄満利は高山市の飛騨中味噌という醸造所の娘です。彼女にはいくつもの犯罪の疑惑がかけられている。彼女のことを近所の人や元刑事からきいて、彼女の後を追うように上高地へも行っていますね」

小森は否定できないので、そのとおりだと答えた。

松下は、なぜ満利の行方を追うような調査をしているのかと、取調室で犯罪の被疑者を追及するときのようなききかたをした。

「川澄満利という女性に興味を持ったからです。彼女には殺人の疑いがかけられています。なぜ人を殺すのかにも関心があるので、たまたま知ることになった彼女の足跡をたどることにしました。その調査は、いずれ先生の小説づくりの参考になると思っていますので」

井上は、ノートにペンを走らせ、何度か小森の顔に矢のような視線を送った。

「高山市で、ここが住所になっている小森甚治さんの名刺を持った男が、背中を殴られて川へ突き落とされて亡くなった。その男は採取した試料からホームレスの鹿久保和也さんだと判明した。一度当署が保護したことのある男でした。……鹿久保さんはもしかしたら、川澄満利が高山市出身で、彼女の実家があることを知って、高山へ行ったんじゃないかとも考えられます。いまのところ、二人の接点は不明ですが……。そういうことを、小森さんもお考えですか」

松下は目を細めた。だが表情には疑いの色がこもっていた。

小森は曖昧《あいまい》なうなずきかたをした。

松下と井上は顔を見合わせると、「邪魔をした」といって立ち上がったが、どこかに納得できない点があってか、首をかしげたまま出ていった。

二人の刑事が帰ると、野山と小森は額を寄せ合った。薄井医師が瑠里の部屋を訪ねていたことを、警察にどう伝えようかを相談した。Ｄマンションの五〇六号室の女性からきいたのだと伝えると、その女性に迷惑が及びそうだ。彼女は捜査員に、薄井医師を見たことを語っていないといったからだ。

「声色を使って、『月島の薄井医院の先生が、Ｄマンションの五階を訪ねていましたよ』とだけ電話でいう。警察は、なぜ知っているのかとか、薄井はいつ訪ねたのかをききたがるだろうが、よけいなことをいわないことにする」

「電話は、先生がするんでしょ……」

「あんたがするんだ。口になにかふくんで、声を変える」

「たれこみは、録音されるし、掛けた電話の番号も記録されます」

「新宿か渋谷の公衆電話を利用しなさい」

小森は、吉祥寺へ出て新宿へ向かった。わずか三秒か四秒ですむ電話だが、怪しまれないためにガムを五、六個口に入れ、新宿駅舎内のそば屋の横の公衆電話を使用した。電話に応答した月島署員は、小森が電話を切ろうとすると追い縋《すが》るように、「もしもし」と繰り返していた。

小森は密告を初めてやった。気分のいいものではなかった。嫌悪感が残ったが、主人の不利を救うためにはしかたのないことだったと、自分にいいきかせた。

野山邸にもどると野山が、

「ああ、書けない。警察に邪魔されて、書けない」

と、吠《ほ》えるような声を出していた。

彼のいう警察は、月島署のことにちがいなかったが、刑事が事情をききにくるのは、野山が事件の被害者と深い関係を結んでいたからだ。その反省を彼は忘れて、警察だけを恨んでいるようだ。

夜のテレビニュースは、月島のホステス殺人事件を報じた。捜査本部は、絹谷瑠里が住んでいたマンションの部屋を、何度か訪ねたことがある医師から事情をきいている。被害者が自室で刺された直後に、マンションのエントランスを飛び出ていった者がいるのを防犯カメラが捉《とら》えていた。それは男性とみられているが、体格などから医師とは別人のもよう、と男のアナウンサーは原稿を読んだ。

たれこみ電話を受けた月島署は、薄井医師が、事件発生時にどこにいたかを調べたにちがいない。医院にいなかったとしたら、どこへなんの用事で行っていたかを追及されただろう。

このニュースを自宅で観た小森の目にはふいに、良子の姿が映った。彼女は食堂で深夜のテレビニュースを観たような気がする。なぜかというと、最近、野山邸には刑事が何度も訪れているからだ。夫の野山は、凶悪事件にいささかなりかかわったのではないかと、疑いはじめてもおかしくはない。

翌朝、小森はまたも野山から、「早くきてくれ」という電話を受けた。なにかあったのかときくと、月島署員がきているのだといった。

時計を見ると午前九時十分だった。眠っていた野山は八重に起こされたのだろう。

小森は自転車を漕《こ》いだ。歩道を走っていたら、「車道を走れ」と、ジョギングの男に怒鳴られた。自転車は車道を走るのが規則だが、自動車にはねられそうなのでつい歩道を走る。彼の前にも後ろにも歩道を走る自転車がいた。

応接間へ入ると、大竹と若い刑事が野山と向かい合っていたが、野山は眠いのか、機嫌を損ねてか、腕組して目を瞑《つむ》っていた。刑事の質問に答えなかったのかもしれない。

「この人を知っていますか」

若いほうの刑事が、はがき大の写真を小森の前へ突き出した。頭は坊主で、目が細く、唇が厚くて、小太りだ。四十歳ぐらいではないか。

「知らない人です」

「名は、色川謙次《いろかわけんじ》。三十八歳です」

「きいたことのない名前です。この人が……」

「絹谷瑠里さんを刺した犯人です」

「自供したんですか」

「自供しました。この男は、絹谷さんが住んでいたDマンションの付近を、事件の何日か前からうろついていたんです」

「殺害動機は……」

「頼まれたんです」

嘱託殺人か。

「だれに頼まれたんですか」

「それを確かめにきたのです」

大竹が太い声を出した。

「確かめにというと、野山先生を疑ったんですか」

「絹谷さんと関係があった人ですから」

色川という男は、瑠里を刃物で刺したことを認めたが、その犯行を依頼した者がだれかを答えないのだろう。

小森は、野山以外に怪しい人間がいるだろうといいかけたが、口をつぐんだ。密告を疑われそうだからだ。

大竹は咳払いすると、もう一度きく、といって、色川の写真を野山の前へ置き、

「ほんとうに知らない人なんですね」

と、念を押した。

「知らない。私は、彼女を傷付けることなんかを、人に頼んだりしません」

野山は口を開いて、はっきりした声でいった。

二人の刑事は、急に目が覚めたようにものをいった野山を、普通の人間なのかといっているような目で、じっと見ていた。

「私は学歴がない。これまでなにを職業にしてきたのかも、世間に知らせていない。それに秘書を雇って小説を書いている。自分の力だけでは書けないので、人の力を借りている。そういう人間は野卑だとみているんだろ。野卑だから、人を刺したり叩い

たりするにちがいないと、みたんじゃないのか」

野山は、両手の拳を固くにぎって、少し声を震わせた。それまで小森にも見せたことのない表情だった。

大竹は、風を起こしたように立ち上がった。

「私は野山さんを、そんなふうにみてはいない。事実を積み上げていくと、怪しい点がいくつかあった。……だいいちあなたは絹谷さんと特別な関係だった。彼女の部屋を訪ねていたという事実があった。彼女が被害に遭った時間帯のアリバイが不確かだった。その時間にあなたは観月堂にいたというが、あなたがいたというのを証明する人がいない。あなたは自由業だ。人に束縛されない時間を持てる。……あなたは、私たちが勘ちがいして押しかけているとみているようですが、勘ちがいでもまちがいでもない。あなたは直接、絹谷さんを刺していないが、彼女の殺害を実行した者を知っている。あるいは見当がついているんじゃないですか」

大竹は、「おれの目は節穴じゃないぞ」といっているように野山の頭を見下ろした。

小森は、刑事らしい刑事に初めて出会ったような気がしたし、腹のなかをのぞかれた気がした。

第五章　冬の旅

1

――絹谷瑠里が刺された時間帯に、薄井京児医師は医院で患者を診ていた。その時間帯に待合室にいた複数の男女も、医院の従業員も薄井医師が外出していないことを証言している。

だが月島署は、薄井医師を署に連れて行って事情をきいた。

彼は絹谷瑠里のことを、「患者として来院したことがあったかもしれないが、個人的知り合いではない」と答えた。

「あなたは医者らしくないんだね」

取調官は薄井をにらみつけた。

「どういう意味ですか」

薄井は小さい声でいい返した。

「あなたが彼女の部屋を訪ねていたことは、体毛などの試料によって証明されているんだ」

薄井は首を垂れた。

取調官は、色川謙次の写真を薄井に突きつけた。それを一目見た薄井は横を向いて顎《あご》を震わせた。

色川は薄井医院の患者だった。風邪をひいたり、インフルエンザにかかってやってきていた。来院のたびに薄井は、日常生活の指導を助言した。色川は医師に親しみを感じたらしく、茨城県の実家近くの農家がつくっているメロンをいくつも持ってきたことがあった。彼は建設現場で作業員として働くこともあったが、同じ会社の仕事を長くつづけているようではなかった。そのせいか経済的に逼迫《ひっぱく》しているようすも垣間見えた。家族をきくと、ある女性と同棲《どうせい》していた時期はあったが、結婚したことはなかったといった。

薄井は、一年あまり前から体調不良を訴えて何度か続けて来院した絹谷瑠里の魅力に惹《ひ》きつけられた。医師だから数えきれないほど多くの女性患者を診て、肌に触れたが、瑠里の肢体を診たときは唾《つば》を飲み込み、動悸《どうき》が高鳴った。小さめだがかたちのよい乳房に、さりげなく顔を近づけた。一週間分の薬を処方すると、それを服《の》みきったと彼女はいって来院した。

最初、彼女を診たとき、水商売勤めだろうと感じたが、二度目のとき、どこで働いているのかを尋ねてみた。すると彼女は、銀座のクラブ幻華に二年あまり勤めていると語った。彼は大学病院に勤めていたとき、あるパーティーの二次会にクラブ幻華へ数人で行ったことがあった。そこで、著名人も利用している店であるのをきいた。十人ほどのホステスは美人ぞろいだったことを憶えていた。

彼女が三度目に来院したとき、「あなたが働いている店へは行けないが、さしつかえなかったら、日曜に食事を一緒にしたいがどうか」といってみた。すると彼女は、「うれしい」といい、「ぜひ誘ってください」といった。

彼は二度行ったことがある神楽坂《かぐらざか》の料理屋を思い付いたので、そこで会おうと店の名を教えた。彼女はスマホでその店を検索した。彼女はまた、「うれしい」といって花のような笑顔を見せた。

日曜の夕方、神楽坂の店で瑠里と会った。彼女は酒が強かった。肉を好きだといって若狭牛のステーキとマツタケを焼いて食べた。日本酒を飲んでから、「仕上げに」

といって赤ワインを一杯飲んだ。「これから、どこにしましょうか。この近くにいいところありますか」彼女はホテルのことをいった。男が食事に誘う。そのあとは情を通わすに決まっているといっているようだった。

二人は七、八分歩いてラブホテルに入った。

彼は彼女に、前後不覚になるくらい酔った。頭にあらわれた妻と娘の顔を振り払った。彼女の白いからだを抱きつづけていたかった。

それから二週間ほど経った。彼女が医院にいる彼に電話をよこし、「先生は水曜がお休みですね」といった。そうだと答えると、「水曜日の昼間、わたしの部屋で会いませんか」と問い掛けられた。彼には水曜にやることがあったが、すぐにでも彼女に向かって走って行きたいくらいだった。

彼は月に二回、水曜の昼間、彼女の部屋を訪ねた。彼女は彼のために買ったという縞《しま》のガウンを肩に掛けてくれた。

彼は、日曜のほうが都合がよかったが、なぜか彼女は水曜に固執した。

彼は、自分が変わってしまったことに気付いて身震いした。瑠里との関係をつづけているうち、彼女は彼が予想もしなかった要求を突きつけてきそうな気もした。一抹の不安と恐怖を覚えながらも、彼女に溺《おぼ》れてしまっているのが恐くなった。このままだと、もしかしたら妻の首を絞めるかもという戦《おのの》きにも怯《おび》えた。

薄井は夜、色川を電話で招《よ》んだ。彼は色川に現金を渡し、日曜の瑠里の行動を監視させた。彼女の部屋には日曜の午後、訪れる男がいた。三、四時間経つと瑠里は男と一緒に部屋を出てきて、もんじゃ焼き屋へ入った。このようすを薄井は色川から報告を受けた。色川の話をきいているうち、薄井は刃物を忍ばせて、瑠里の部屋へ駆けつけたくなった。

二週間後、薄井は色川から、瑠里の部屋を日曜の午後に訪ね、三、四時間後、月島のすし屋へ彼女と一緒に行った男のことをきいた。それはこの前、もんじゃ焼き屋へ行った男で、五十歳見当だったと報告を受けた。

薄井の頭に嫉妬《しっと》の竜巻きが起こった。瑠里とは男を手玉に取る魔性の女だったのだ。そういう女に溺《おぼ》れてしまった自分を憾《うら》んだ。彼女はいつまでもタダで男を遊ばせてはいないだろう。そのうちに、とてつもない困りごとを押しつけてくるにちがいない。その要求を蹴《け》ったとしたら、スキャンダルをばら蒔《ま》くと脅すような気がした。

薄井は色川に、彼女をなんとかしたいと持ち掛けた。

「先生は、彼女を諦《あきら》められますか」

色川は薄井の目を下からすくうように見上げた。

「彼女が生きているかぎり、諦めきれない」

「それでは……」

色川は、薄井をひとにらみして去っていった――

絹谷瑠里が死亡したせいだろうが、野山は元気がなかった。彼は彼女の正体を知っていたかもしれない。だが、日曜の午後、彼を迎えてくれていた彼女が可愛かったのだろう。

野山遊介は、恋人を失ったと同時に、殺害された銀座のクラブの女性と特別な関係を結んでいたことが、警察の手ににぎられた。そのことはやがて週刊誌ダネにされるのではないかと怖れている。「殺されるような女と付き合っていた作家」というレッテルを貼られそうだということと、うす汚れた手で小説を書いているようで、読者を減らすのではないかという恐れもあった。

十一月半ばから二週間ほど、出版社の人が訪ねてこなかった。そのことを野山は気にして、よく眠れない日があると小森に訴えた。

「殺されるような質《たち》の悪い女と付き合っていたといって、嗤《わら》う者もいるだろうし、バカにする奴もいるにちがいない」

と、小森に気弱な一面を見せたこともあった。そしてクラブ幻華へは行かなかった。尊敬している木ノ股昭幸には何日も会っていない、とつぶやいたりもした。

「先生はたまに車に乗りますが、いつも以上に運転には気をつけてください。ほんとうは、乗らないほうがいいですけど」

「そうか。私のことに気を遣ってくれているんだな」

野山は、妙に素直なことをいう日があった。

良子は、たびたび訪れる刑事の用向きを知っているだろうか。八重から、どんな人がきているのかをきくことがあるにちがいない。

きょうの良子を二階の窓から見下ろしていると、額に手をかざして陽のあたる場所をさがしていた。鉢に植えられた赤い花を持って、少しずつ移動させている。

小森は、つっかけを履いて良子のそばへ寄った。花は葉を押しのけるように咲いていた。

「きれいな花ですね」

「ペチュニアっていうの。窓辺に置きたいんだけど、いい場所がなくて」

「奥さまのお部屋の窓辺に、棚をこしらえましょうか」

「えっ。そんなことができるの」

「物置きで適当な物をさがしてみます」
小森は、勝手口と向き合うように建っている物置きの戸を開けた。以前使っていたらしい電気ストーブや加湿器などと一緒に、日曜大工道具が押し込まれていた。なに
に使われたのか、古いロープが輪になっていた。壁に立てかけてある板や角材のなか
から幅二十センチほどの板を見つけた。鉋《かんな》の刃を軽く叩いて出し、板の面を取った。
花鉢の重量を測って、支柱に使う太さの材料を選んだ。それをテーブル状にして、東
向きの窓の室内側に置き、庭にあった花の鉢をそっとのせた。
　小森の作業をじっと見ていた良子と八重は、顔を見合わせてから赤い花の鉢に近寄
った。二人は花よりも、古材でこしらえた棚を見ていた。
「小森さん、こういうことを、いつ覚えたの」
　良子がきいた。
「人がやることを見ていただけです」
「主人は、物置きに、板や棒がしまわれていることも知らないと思います」
「知らなくてもいいんです。先生は創造という大貯蔵庫を持っていらっしゃるんです
から」
　良子は笑うかと思ったら、眉《まゆ》を寄せ赤い花へ視線を送った。あすの朝、陽を浴びた

花はいっそうあでやかに咲いているだろう。

野山は、若い編集者の結婚披露宴に招かれている。式場は虎ノ門のホテルだ。花婿となる編集者の同僚から小森に電話があって、

「式次第を私が構成することになっております。野山先生は、お酒を召し上がると、よく歌をおうたいになります。それを思い付きましたので、二、三人の方にうたっていただきたいのです。先生はどんな歌をご存じでしょうか」

「やめたほうがいい。野山が知っているのは、恋の終わりか、二年の暮らしを忘れてくれという、旅立ちの歌しか知りません」

「そうでしたか。それでは歌はやめたほうがいいですね」

彼は構成を練り直すといって、電話を切った。

2

十一月半ば、小森は野山と会話をしていて気付いたことがあった。野山は急に肩を揺すったり、背中に手をやったりして、顔をゆがめた。どこか痛むのかときくと、

「背中や腰まわりが痒《かゆ》いんだ」

といった。それほど気にはしていないようだったが、次の日、小森が午前十一時少し前に出勤すると、野山は珍しいことに応接間にいて、資料やら地図やらを広げていた。なにを調べているのかときいたところ、書斎になにか虫のようなものがいて、それでからだが痒いのではないかといい、昨夜は痒さのせいで眠れなかったといった。

小森は二階の書斎へ上がって、入念に掃除機をかけ、殺虫剤を壁にも棚にも床にも吹きかけた。

小森は野山の痒い部分を見せてもらった。それは腰で、ほんのりと赤く、爪でひっ掻いた痕《あと》があった。

小森は皮膚科医院で診てもらうことをすすめた。

皮膚科が近くにあるかときいたので、スマホで検索した。比較的近い住宅街に一か所あり、もう一か所は久我山駅の近くだった。

それを小森がメモして見せると、二か所とも名称が気に入らないと妙なことをいった。それではといって吉祥寺駅近辺をさがした。

「その医者へ行くので、車で送ってくれ」

そこは晴見《はるみ》皮膚科。助手席に乗った野山は鼻歌をうたった。

「今度の土曜は、結婚式に出席する。祝辞を述べることになっているが、私はそれが苦手なんだ。作家のなかには、喋ることのうまい人がいる。私はダメだ」

　と、独り言をいっていた。

　ビルの二階の皮膚科医院には患者が何人もいて、待たされたといって、野山は車にもどってきた。

「医師になんていわれましたか」

「痒いところを見せろといったんで、腰を見せたが、なにもいわなかった。五十歳ぐらいの女の医者だったが、なんとなく頼りない感じだ。痒さの原因が分からなかったんじゃないかな」

　ビーソフテンクリームといううぬり薬を処方してくれたといって、医院の近くの調剤薬局でクスリをもらってきた。

　帰宅すると、シャツの裾をめくり上げて、そのぬり薬を小森にぬらせた。車に乗っているあいだも掻いていたので、患部は赤味をおびていた。

　翌々日。小森が出勤すると野山は応接間で新聞を開いていた。彼は小森が出てくるのを待っていたようで、もう一度、皮膚科医院へ行くといった。

「痒いんですね」

「痒い範囲が広がったらしい。いまも痒い」

といって肩を左右に揺らした。

背中や腰が痒いので、よく眠れないし、仕事にも集中できないという。

そこできょうも晴見皮膚科へ行った。

一時間ほどして車にもどってきた野山は、患者は全員女性だったといった。

「きょうは痒いところを見なかったが、肩に注射をした」

それから処方箋《しょほうせん》をもらってきたといって、たたんだ用紙を開いた。服《の》み薬が二種類印刷されていた。野山はまた、「面倒だな」といいながら調剤薬局へ行った。
十五、六分経って薬局を出てきた彼は、道路を渡ってコンビニに入り、水を買って出てきた。が、道路を渡りきったところで転倒した。小森はあわてて車を降りた。野山は腹這《はらば》って、動かなかった。歩いていた人が寄ってきた。救急車を呼んだほうがい
い、とだれかがいった。小森は野山の体を抱いて呼んだが、薄目を開けただけだった。

駆けつけた救急隊員に野山が倒れた原因をきかれたが、小森は答えられなかった。

小森は、野山を運ぶ救急車の後を追った。

病院に着くと医師からも倒れたときのもようをきかれた。小森は、野山が水のボトルを持ってコンビニを出てきたのを思い出したので、それを話した。

「皮膚科が処方した薬を服んだのではないでしょうか」

医師がそういった。それをきいてもうひとつ思い出した。皮膚科医院で注射をうってもらったと野山はいっていた。それをいうと医師はうなずいた。

三時間半後、野山がベッドから起き上がったのを看護師にきいた。小森はベッドに寄って野山の顔をのぞいた。野山は両方の手で頭を揉《も》んでいた。

医師は野山が持っていた処方箋を見て、倒れた原因をつかんだのだといった。

野山は肩にうった注射の効果で、意識が朦朧《もうろう》としていた。そこへ過敏症状を抑えるマクワマイシンという錠剤を服んだため、強烈な眠気におそわれて意識を失ったのだろうという。

病院はなんの薬も出さず、「きょうはゆっくりお休みください」といって送り出された。

「腹がへったな」

野山は車のなかでなにか食っていこうといい出しそうだったが、小森は返事をしなかった。

玄関へは八重が飛び出てきて、

「歩けるようになったんですか」

といって。野山の腕をつかんだ。

小森は、晴見皮膚科へ電話して、医師に出てもらった。救急車で運ばれた病院で野山は三時間あまり、眠ったことを話した。肩に注射したとき、患者に対して、意識が朦朧状態になるという注意を怠ったのではないかと抗議した。もしも車道で倒れたのだとしたら、いまごろ葬儀を相談しているかもしれなかった。

「マクワマイシンは、朝と夕食後服むようにと、処方箋で用法を注意しています。ここを出てすぐにマクワマイシンを服んだなんて。なにをしている人か知りませんけど、非常識です」

女性医師はとがった声を出した。

医師に非常識だといわれたことを、小森は野山に伝えた。すると野山は、

「ちくしょうめ。ヘンに色気のある白豚のような女だった」

と口穢《ぎたな》く罵《ののし》った。

「あなたは、薬の服み方もわきまえない」

良子は、大福餅を頬張った野山から目をそむけた。

夕食の食卓に並んだ光洋と忠太に八重が、きょうは野山が救急車で病院搬送されたことを話した。

「どうしたの……」

テレビのほうを向いている野山に、忠太がきいた。

「医者の手抜きだ。患者が次から次へと大勢くるんで、一人一人の患者に向き合っていないいんだ。皮膚科は、直接生命に関係がないから、真剣味に欠けている。おれがからだの痒さで苦しんでいるのに、顔にひとつ、ニキビが出来た程度にしかみていない。患者の疾患を治してやろうなんて考えたことがないいんだろう。……そうだ。いい話が浮かんだ。『小説キッド』の短篇に、その話を書こう」

野山はすくっと椅子を立つと、書斎へ昇っていった。

食卓の父親の席には、ご飯と味噌汁と、焼いた魚と煮物が、手をつけないままになっている。それを二人の息子は箸《はし》を持ったまましばらく見つめた。

文芸雑誌の小説キッドから依頼を受けていた短篇小説は四十枚。野山は二日がかりで書き「白昼の闇」というタイトルを付けた。

――五十歳のサラリーマンKが全身の痒さに悩んで、皮膚科医院を受診した。女性医師は患部をちょっと診て、ぬり薬を処方した。ぬり薬を入念に塗布したが痒みはいっこうに改善しなかった。そこでKはふたたび同じ医院を受診し、痒い部分が広がったと訴えた。医師は肩に注射をうち、今度は服み薬を処方した。それはマクワマイシンという錠剤だった。痒みがおさまらないのでKは錠剤を服んだ。

三十分後である。Kは道路の信号のないところを渡ろうとした。と、突然めまいが起き、路上に手を突いた。走ってきた車はブレーキをかけたが間に合わず腹這っていたKに衝突した。Kは救急車で病院に運ばれたが腕と足を骨折した。三、四時間後、眠りから覚めた彼は、全身の痛みに顔をゆがめて唸《うな》った。苦痛と覚めきっていない意識のなかで、なぜ道路に這っていたのかを考えつづけた――

雑誌が発売された二日後、安能《あんのう》薬品という会社から野山邸に電話があった。電話番号は文芸年鑑で知ったと、総務部員はやや高圧的ないいかたをした。

「今月の小説キッドという文芸雑誌に、野山遊介さんは、『白昼の闇』という小説を載せていますね」

「たしかに」

電話に出た小森が答えた。

「そのなかで、サラリーマンのKという人が、皮膚科医院で処方されたマクワマイシンを服んで、歩行中に意識を失い、交通事故に遭ったと書いてあります。マクワマイシンは白昼勤務中に服用する薬ではありません。小説はマクワマイシンが悪いような書きかたをしています。まるで当社の製品にケチをつけているような印象を受けます。Kは用法を誤った服みかたをしたのに、そういうふうには書かれていません。小説なんですから、つくりごとなんですから、薬品を実名で書かなくてもよかったんじゃないですか。マクワマイシンは効果のすぐれた医薬品なんです。……当社は野山さんに、なんらかの方法で謝罪していただくことを考えます」

小森は、安能薬品の抗議を野山に伝えた。

「小説を面白くする目的で実名を出した。『白昼の闇』を読んだ人が薬の名を知っているかもしれないし、そういう薬が実際にあるかを検べる人がいるかもしれない。実際にあることを知った人は、小説に現実感を覚える。……私はマクワマイシンを実際に服用して、危険な目に遭った人間だ。小説はつくりごとだが、『白昼の闇』に関しては、警告の意味もふくんでいるんだ。それと、晴見皮膚科の真剣味のない診察への非難の意味もある。今月号の小説キッドを、あの皮膚科医院へ送ってやろうか」

野山は、安能薬品への謝罪など考える必要はないと、切り捨てるようないいかたをした。

その後、安能薬品からはなんの沙汰《さた》もなかった。小説に一つの薬品名を実名で書かれたからといって、その医薬品が売れなくなったわけではないだろう。

一度、過《あやま》った服みかたをしたが、その後は指示どおりにマクワマイシンを服用したからか、それとも白昼道路に倒れたというショックに肉体が反応してか、野山のからだの痒みはおさまった。彼はときどき腰のあたりを掻いているが、その痒さは激しいものではないらしい。

野山はアキタの綱を曳《ひ》いて散歩からもどってくると、思いがけない人を見掛けたと小森にいった。だれなのかときくと、晴見皮膚科の女性医師で、スーパーからレジ袋を手にして出てきたという。住所がこの付近なのではないかと顔をゆがめた。木曜で、医院の定休日だった。

3

三日後に、野山の仕事が一区切りつく予定だ。

「高山へ行こう」

野山は唐突に小森にいった。

「高山へ、なにしに行くんですか」

「すすきののスナックのマスターだった鹿久保が高山で殺された。高山に縁のあった男でない彼が高山へ行っていた。そこは川澄満利の出身地で、実家がある。そのことを鹿久保は知っていた。もしかしたら満利が実家へもどっているんじゃないかとみて、鹿久保はそれをさぐりに行った。私はそうみている。満利は高山へもどっているんだ。私は彼女が、今、どんな容姿なのかを見たいんだよ」

「それは、きわめて危険なことではありませんか。満利という女には、いくつかの殺人の嫌疑がかけられているんです」

小森は、無精髭《ぶしょうひげ》が伸びた野山の顔を正面から見ていった。

「だから、見たいんだよ。できることなら会って話してみたい」

彼女の居場所が分かったとしても見知らぬ者が会えるわけがなかった。

「高山へおいでになったことは……」

「六、七年前に一度だけ行ったことがある。サクラが咲いているころで、赤い橋の上からしだれザクラを眺めた憶えがある。……今度は冬の高山を見たいんだ」

野山は、締め切りのある原稿をせっせと書いた。原稿の締め切りを遅らせて、編集者をやきもきさせたくないといっているようで、小森はそういう野山を尊敬の念を持って眺めていた。仕事に没頭しているというか、書くことが次つぎに出てくる夜は、午前二時に小森を電話で起こすことはなかった。

高山へ出発する日の前日、飛騨地方の天候を検索した。きょうは小雪だったが、あすは晴天という予報だった。

高山へは列車で行くことにしていたのだが、野山は乗り換えが面倒なので、車でといいはじめた。

「乗り換えは、名古屋で一回きりです」

「久我山から電車で行くのか」

電車の混雑を想像したらしい。

「八重さんに、東京駅まで車で送ってもらいましょう」

「そうするか」

野山はしぶしぶ承知したが、車だとずっと小森が運転することになる。それが嫌なのだろうと野山はからんできた。

「現地では、あちこちへまわることになるかもしれない」

「その場合はタクシーを使いましょう」

「あんたは、楽なことばかり考えてるんだな」

野山は背中を向けていうと、階段を音をさせて昇った。

高山へ出発する朝は寒かった。東京は雪が舞いそうな曇り空だった。野山は車の後部座席へ、八重が助手席に乗り、東京駅八重洲口まで小森が運転していく。厚いマフラーを巻いた良子がガレージの脇に立って、アキタと一緒に見送った。

道路はわりにすいていた。高速四号線も順調に流れた。

九時五十分発の「のぞみ」に乗るのだが、三十分ほど前に東京駅に着いた。

「私は、これが嫌なんだ」

野山は改札口やホームにあふれている人を見ていった。ほぼ毎日、書斎にこもって原稿用紙に向かっているので、群集に出会うとその熱気に圧倒されるらしい。それでもひっきりなしに出入りする列車と乗り降りする利用客を観察していた。いずれその風景は小説のなかに採り入れられるにちがいなかった。

ボトルのお茶を買って、グリーン車に乗った。座席は八割がた埋まった。

「名古屋へ何時に着くんだ」

「十一時三十一分です」

「ひと眠りできるな」

野山はお茶を一口飲むと目を瞑《つむ》った。自宅にいれば夢を見ている時間帯だ。

彼は天竜川の手前で目を開けた。右の車窓で浜松市街を眺め、浜名湖が映るとカメラを取り出した。

名古屋へは定刻に着いた。三百六十六キロを一分の狂いもなく走る列車が、小森には不思議であった。

名古屋駅の通路では高山本線へ向かう利用者が小走りに移動していた。

「私は、これが嫌いなんだ」

野山は文句をいいながら歩いた。小森はバッグを両手に提げている。野山は両の拳をにぎり、走るような格好をしていた。

高山本線のホームではまぐり弁当を買った。野山は列車が動き出すと同時に弁当を開いた。

白川口《しらかわぐち》あたりで飛騨川の渓谷に薄陽があたっているのが見えた。野山は、何年か前にこの線に乗ったが深い渓谷に沿って走っていることには気がつかなかったといった。眠っていたからではないか。

人家の屋根が白くなった。青い流れをはさむ渓谷の岩も雪をかぶって白かった。

「川澄満利という女に会いたい」

野山は雪の渓谷を眺めながら独り言をいった。

「会えないと思います」

小森も会ってみたいと思っているが、見ず知らずの者に会うはずがない。彼女には殺人の汚名が着せられている。いや、人を殺したがために逃げまわっているのは確かだ。

「そんな否定的なことをいうな。会えないことは分かっている。それでも行ってみる。小説書きというのは、夢見る動物なんだ」

野山は車窓を向いていった。五、六分黙っていたが、

「あんたは、絵を描いたことがあるか」

と、方向転換したようなことをきいた。

「中学と高校のとき、風景の絵を何度か」

「空は水と同じ色に描いたんだろう」

「晴れた日の空は、水の色のように……」

「水色の空の向こう側は、べつの色のはずだぞ」

野山は、普通の人が寝ている時間に仕事をしている。夜の底を這いずりまわっている人間なのだ。闇黒のなかでかすかに光る色をさがしているのだ。

また五、六分黙っていたが、今度は前を向いて、

「三十年ぐらい前のことだし、どこにも書いていないことだが、私は、ある同人雑誌に同人として参加していた時期があった」

小森は初めてきく話だった。こういうことをきけるのは、列車の旅だからではないか。

「その同人雑誌は、一か月おきぐらいに薄い雑誌を出していた。その雑誌に私は二十枚ぐらいの短篇小説を発表した。雑誌が出ると合評会というのがあって、新宿の中華料理店の二階へ十五、六人が集まった。その雑誌を主宰していた人は新聞社に勤めていた関係からか作家を何人か知っていた。私の作品がその雑誌に載った直後の合評会には、芥川賞を取った一人の作家が招かれていた。その作家は、雑誌に載った数篇の作品を読んだうえで合評会に出席したんだ。その日は、合評会というより、その作家から同人が書いた作品の感想をきく会になった。作家はいくぶん乱暴な言葉で数篇の作品をけなした。私の作品も粉砕されるだろうと思っていたら、もう少し文章に奥行きのある表現を持たせたら、プロとして通じるだろうという意味の感想を述べたんだ。うれしかったんで、私は礼をいった」

「それは、初めてお書きになった作品だったんですか」

「それまでに二、三篇書いていた」

「その作家は、野山先生の才能を見つけたんですね」

「作家が私の作品をほめると、会場は水を打ったように静かになった。同人の何人かは雑誌の私の作品を読み直しているようにも見えた。……合評会が終わるといつも、新宿駅に近い風月堂で、コーヒーを飲んだりビールを飲むのがお決まりになっていた。私はそこへいちばん先に行って、同人の何人かがやってくるのを待っていた。だが、その日にかぎって同人は一人もあらわれなかったんだ。仲よしだった人もこなかった」

「野山遊介さんの作品だけが、芥川賞作家にほめられたからでしょう」

「そうなんだ。私はそのことに気付かなかった。風月堂で同人から、もう一度作品をほめられたかったんだ。同人というのは、同じレベルの集まりだったんだ。同病相憐《あいあわ》れむように、同じ苦痛を持っている人が慰め合っていればよかったんだ。一人だけ元気になると、その人は仲間でなくなるんだということを知らなかった」

「その後もその雑誌の同人をつづけていたんですか」

「いや、脱退した。ほかの同人たちは、生意気なやつだと思ってただろうな」

いつの間にか下呂《げろ》をすぎていた。あと三分で高山に着くというアナウンスがあった。

4

高山駅の並びのホテルを予約するとすぐに中心部へ向かった。

きょうの高山は陽が差したり曇ったりという天候で底冷えした。さんまち周辺にはきょうも外国からの観光客の姿がちらほら見えた。家々の壁や柱が黒いからか、みやげ物店やカフェのなかの赤い色が目立っていた。店のなかの灯りは歩く人を招いているようだった。

川澄満利の実家である飛騨中味噌の入口に据わっている樽《たる》の上には、雪が薄くのっていた。

去年の九月ここを訪ねた小森は、みやげ物店の隣の仕舞屋《しもたや》でその家の主婦に会ったのだったが、きょうはななめ前の家へ声を掛けた。

白髪まじりの主婦が出てきた。小森は、最近、川澄満利の姿を見たかをきいた。

「警察の方にもきかれましたけど、見ていません。満利さんは、うちの娘と同い歳で、小学校から高校まで一緒でした。高校を出たあとは市内のどこかに勤めていたようでしたが、いつの間にか家にはいなくなりました。遠方に住んでいるのではと想像していましたが、何年も前から警察の方が、満利さんのことをききにくるようになりました。どんな事件に関係しているのか、わたしは知りませんし、もう五、六年前から彼女を見ておりません。……わたしの娘は市内で所帯を持っていますけど、満利さんの消息をきいたことがないといっています」

主婦の話をきいているうち小森は思い付き、川澄家の裏側へまわった。連子窓《れんじまど》の家へ宅配便の人が荷物を届けて走り去っていった。小森はその家へ声を掛けた。背の高い主婦が、「どうぞなかへお入りください」といった。

彼はその家でも最近、満利の姿を見ているかをきいた。

「満利さんを何年かぶりで見たのは、たしか去年の十月でした。うちの主人はＪＲに勤めていて、早朝に出勤する日があります。それは朝の五時少し前でした。車で出て行く主人を見送っていましたら、満利さんが勝手口から出てきました。わたしが声を掛けると、ちょこんと頭を下げただけで、足早に歩いていきました。彼女は何年も前からここには住んでいません。お母さん似の器量よしでしたので、どんな人と結婚するのかなんて、勝手な想像をしたこともありました」

この家へも刑事が訪れていた。去年の十月ごろに刑事がきて、満利はどんな服装をして家を出て行ったかをきかれたという。

二軒の聞き込みで、満利は両親らと一緒に暮らしていないらしいことが分かった。満利という女性に会ってみたいといった野山だったが、小森が聞き込みをしているうちにいなくなった。小森と一緒に聞き込みをする気は端からなかったようだ。

小森は、［古い町並み上三之町］の角柱の脇に立って野山に電話した。彼は、鍛冶《かじ》橋近くの漬け物屋にいると答えた。

その漬け物屋はすぐに見つかった。店内には客が三、四人いた。漬け物をつまんで口を動かしている外国人もいた。

野山はカウンターにしがみつくような格好をしてなにかを書いている。近づいてみると、発送伝票に宛先《あてさき》や氏名を書いていた。その宛先の一か所は野山戸音。飯田市上村の母宛だった。彼は傾斜地の上村で独り暮らしをしている戸音の存在を忘れているような日常だが、甘辛い漬け物を見て、小さな機《はた》織りの音を思い出したのではないだろうか。

もう一か所の送り先は小森の住所だった。

「高山陣屋を見学したいが、きょうはもう遅くてまわりきれない。あしたにしよう。駅のほうへもどって、飛驒国分寺を見よう。どでかいいちょうの木があるそうだ。そのあとは飛驒牛の店をさがそう」

ていた。

野山は完全に観光気分だ。川澄満利の消息を尋ねることなど、とうに忘れてしまっているように見えた。

飛騨国分寺に近づくと三重塔が見えた。七四一（天平十三《てんぴょう》）年に聖武《しょうむ》天皇の命によって全国に建てられた国分寺のひとつだという。ここにも外国人が三人いて、三重塔を背景に写真を撮り合っていた。大いちょうは石の柵に囲まれ、葉のない枝を広げていた。樹齢は千二百余年で国の天然記念物。根元の割れ目には地蔵が立っている。

冷たい風が強くなり、コートの襟を立てた。

夕食には少し早かったが火が恋しくなって、飛騨牛の看板が出ている店へ飛び込んだ。その店は通路の中央にストーブを据えていた。野山と小森同様、寒さに震えて店に入ったらしい二《ふ》た組がいた。

すぐに熱いお茶が出された。肉をオーダーする前に燗酒《かんざけ》を頼んだ。高山市内には八軒の酒造場がある。周辺の山々からの雪解け水と、澄んだ空気と、冬の冷え込みが旨い酒をつくっているらしい。一六九七（元禄《げんろく》十）年には五十六軒もの酒造場があったといわれている。メニューのなかから野山が指差したのは「飛騨菊仙《きくせん》」。以前東京のある店で飲んだことがあるといった。

「こんなに寒い思いをしたのは、久し振りだ」

野山は熱い酒を一口飲むと胃に沁《し》みたのか、首を小刻みに振った。

三種の刺身が横長の皿に盛られてきた。

「富山湾の魚でございます」

白い帽子をかぶった若い女性店員がいった。

「そうか。高山へは富山の海の幸が届くんだ」

野山は、生きていそうなエビを手づかみで食べた。

飛驒牛は炭火焼きにした。

「旨い、旨い」

野山は子どものような声を上げた。

「あんたの奥さんは、肉を食べるか」

「たまにスーパーで、こま切れを買っています」

「ホテルに飛驒牛のパンフレットがあったから、それを見て送ってあげるといい」

「こんな肉を見たら、罰があたるといって、しまい込むかもしれません」

「あした送ってやれ。子どももよろこぶだろう」

「おいしい漬け物と舌の上でとろける肉が届いたら、異変でも起こらなければいいがって、気を揉《も》むでしょう」

「送ってやれ。めったにないことだ」

野山は角切りの肉を五つ食べると腹をさすった。小森も五つで充分だった。

野山は日本酒を二杯飲むと眠そうな目をした。川澄満利のことをすっかり忘れているらしく、一言もいわなかった。

店を出ると野山は鼻歌をうたった。同じ歌を繰り返しうたった。小森は野山の鼻歌を何度もきいているが、酒を飲んでうたうのは三十年か四十年前に流行《はや》った二、三曲である。

ホテルに着くと、野山は自販機で缶ビールを買った。それをつかんで、鼻歌なのか小言なのか、分からないことをいいながらエレベーターに乗った。


次の朝、小森は早く目を覚ました。少しすかしておいたカーテンのあいだから明かりが射し込んでいた。ベッドを抜け出て、カーテンを開けた。東を向いている窓に真っ白い山脈が映っていた。北アルプス連峰だ。反対側の窓には白山《はくさん》が映っているだろう。街の中心を流れる宮川は、西の川上川《かわかみがわ》、東の江名子川《えなこがわ》などを合流して、神通川《じんづうがわ》となって富山湾に注いでいる。

きょうは野山と一緒に高山陣屋を見学することになっている。空を仰ぐと白い雲と灰色の雲が浮いていた。灰色の雲は雪を運んでくるにちがいない。昨夜は旨い肉を食べたせいか、野山の顔はつやつやしていた。歩く歩幅も広く、体調はよさそうだ。

高山陣屋の表御門前には見学者が何人もいた。門の両脇には紋が描かれた提灯《ちょうちん》が下がっている。「元禄五（一六九二）年、江戸幕府は飛騨国を直轄領として、伊奈半《いなはん》十郎忠篤《じゅうろうただあつ》関東郡代に代官を兼務させた。これが飛騨国の幕府御領（天領）時代の幕開け。元禄八（一六九五）年、幕府は加賀藩に高山城の破却を命じるとともに元高山城主金森家の下屋敷を『高山陣屋』とし、その後、代官、郡代が、ここで飛騨国を治めることになった」と解説にあった。

御役所、御用場などを外国の観光客たちと一緒に見てまわった。二十人ぐらいの外国の観光客に外国人のガイドが、俵が積まれている御蔵を説明していた。

野山が興味を持ったところは、吟味所と御白洲だった。そこの地面には白砂はなく、ぐり石が敷かれ、拷問に用いられた抱石《だきいし》が置かれていた。

「私は、石の上にすわる前に、ここを見ただけで自白するな」

野山は笑いながら唐丸籠《とうまるかご》を見ていた。

表御門前の広い庭には朝市が出ていて、手拭《てぬぐい》をかぶった年配の女性が野菜やリンゴを売っていた。外国の人にはその姿が珍しいのか、カメラを向けている。

「おい、飛騨中味噌の川澄家へいくぞ」

野山は急になにかを思い付いたらしい。

「川澄家でなにを……」

足早になった野山に小森はきいた。

「あんたは味噌屋の表を見張れ。私は裏側の住まいを見張る。川澄家の家族らしい人が出てきたら、その人の後を尾けるんだ」

つまり川澄家の家族の行き先には、満利がいそうだと野山は気付いたのだ。

野山と小森はべつべつにタクシーをつかまえた。

午後一時半。腹の虫が昼食のおねだりをはじめたとき、飛騨中味噌の出入口の左でぴしゃりと閉まっていたシャッターが口を開けた。車のフロントがのぞいた。そこはガレージだったのだ。

灰色の乗用車が出てきた。水の流れる側溝をまたぐと忘れ物を思い付いたようにとまっていたが、二分ほどして走り出した。運転しているのは女性だとだけ分かった。その車を小森ののったタクシーは尾行した。乗用車は安川《やすがわ》通りを横切って北へ向かった。右、左、そしてまた右に曲がり、公園のようなところを通り抜けると、木立ちのなかの小ぢんまりとした二階屋の横でとまった。すぐに運転していた女性が降りた。その人は若くはなかった。手にした白いバッグはふくらんでいた。

その家の内側からドアを開けた人がいた。バッグを持った人はドアのなかへ吸い込まれた。

小森は、女性が入った家をカメラに収めた。その家には表札は出ていない。タクシーの運転手にきくと、そこは桜町《さくらまち》だという。

小森は野山に電話した。彼が乗ったタクシーは十五分ほどで小森が乗っているタクシーの横に着いた。

一軒屋に入った女性の年齢の見当と風采《ふうさい》を野山に話すと、

「その人は、満利の母親ではないか」

といった。小森もたぶんそうだろうと思っていた。

野山は、乗ってきたタクシーの料金を払い、小森のタクシーに乗り換えた。

建てて十年ぐらいは経っていそうな家を観察すると、一階は目隠しするように雨戸が閉められている。二階のガラス窓には、カーテンが張られて、洗濯物は出ていなかった。まるで人が住んでいないようだが、さっきは内側からドアが開いた。住んでいる人がいるらしい。

「満利の隠れ家じゃないのか」

野山は木立ちのなかの一軒屋をにらんだ。

「ドアをノックしてみましょうか」

「いや。住んでいる者がいれば、やがて姿を見せる。辛抱強く待つことだ」

野山にそんな執念があるのは知らなかった。

タクシーを少し後退させた。一軒屋のドアが開いて女性が出てきた。入るときは白いバッグがふくらんでいたが、出てきた女性はバッグをたたんで小脇に抱えていた。彼女はドアを施錠しなかった。屋内に人がいるからだろう。

灰色の乗用車は静かに去っていった。一軒屋にいるのはだれなのか、それを知りたいのだがどうしたらいいのかを、野山と小森は小さい声で話し合った。そこに住んでいるのは川澄満利ではないかと思われるが、それをどうやって確かめるか。

警察に電話で、桜町の一軒屋に住んでいる人がだれなのかを知りたいなどといったら、逆に、なぜそんなことを知りたいのかときかれるだろう。世のなかには世間との交流を避けるようにして、独りで暮らしている人はいくらでもいそうだ。そういう人の生活《くらし》をのぞこうとするのは犯罪に類するのではないのか。

「思い出した」

小森は膝《ひざ》を叩いた。

「なんだ……」

野山が横顔をにらんだ。

「以前、刑事をやっていた人が高山にいます」

「この前にきたとき、会った人だな」

「そうです。いま交通安全協会の職員をしている中條栄治さん」

中條に相談してみると小森はいってタクシーを降りた。木陰に立って中條に電話した。

「ああ、東京の小森さん」

中條は明るい声で応じた。

「また高山へきているんですが、中條さんに相談したいことがあるんです」

「私に相談とは……」

「じつはいま、私は主人の野山遊介と一緒に、桜町というところにいます。木立ちのなかの一軒屋を見張っているんです。その一軒屋を、飛騨中味噌の奥さんと思われる女性が訪ねて、三十分ぐらいで帰りました」

「飛騨中味噌といったら川澄家では」

「そうです。……その一軒屋にはだれかが住んでいます。住んでいるのがだれかを知りたいので、中條さんのお知恵を……」

「川澄家の奥さんが一軒屋を訪ねて、三十分ぐらいで……。小森さんはそこにいてください。私はすぐにそこへ行きます」

三十分ほどするると黒い車が二台、忍び寄るように近づいてきた。小森は、タクシーに料金を払って引き揚げてもらった。

5

木立ちのなかから鳥が飛び立っていった。中條栄治が野山と小森を手招きした。

小森は中條に野山を紹介した。

中條の後ろに男が二人立った。高山署の刑事だった。刑事は、一軒屋を訪ねた女性の歳格好をきいた。小森が答えると、その人は川澄稲子にちがいないと、四十半ばの白井《しらい》という刑事がいった。稲子は満利の母である。

高山署は、鹿久保和也が死亡した十月から一か月あまり、川澄家を張り込んだ。満利から事情をきくために同家へ行ったが、彼女はいないし、どこにいるのか家族も知らないといわれた。そこで同家を張り込み、満利が出入りするか、家族のだれかが彼女と接触する可能性を考えたのだった。だが、彼女はあらわれないし、家族の動向に怪しい点も認められなかった。

白井と三十代の刑事は、木立ちのなかの一軒屋を一周した。匂いを嗅《か》ぐように壁に顔を近づけたりしていたが、屋内に人がいる気配を感じ取ってか、玄関ドアをノックした。しかし応答はないし、ドアは開かなかった。

白井は黒い車にもどると車内から電話した。そのようすを野山と小森は観察していた。

白井は車から出てくると、「この家を張り込みます」といった。その顔は、屋内に人がいるのは確かだといっていた。

ワゴン車が着いた。私服の十人が降りてきて、一軒屋を包囲した。屋内にいる人は、どこかの透き間から外の異変をのぞいているような気がした。

二時間が経過した。車が着いて、女性警官が降りた。彼女は張り込みの署員たちに紙袋のような物を配った。なにを配ったのかを小森が白井にきいた。ビスケットだという。

「夕方は、にぎり飯を配るか、寒いので張り込みを交替させることになるかも」

白井は一軒屋の玄関をにらんだままいった。

いつの間にか上空は灰色の厚い雲を広げていた。風はなかったが、雪が舞いそうな天候になった。屋内は暗いはずだが、灯りは外に洩《も》れていなかった。白井は玄関ドアに耳を寄せた。物音をきいたのだろうか、首をかしげていた。

日没が近づいた。木々が黒ずんできた。白井に電話が入った。彼は車に乗り込んだ。三分ほどで車を降りてきた白井は、野山と小森と中條の前へきて、

「川澄稲子が、この家に満利がいることを喋《しゃべ》りました。もう一度呼んでみます。返事がなかったら、この家の持ち主に断わって、建具を破って強行突入します」

白井は玄関の戸に拳を打ちつけて、満利を呼んだ。返事がない。稲子からきいて満利の電話番号が分かったので、それに掛けた。が、呼び出し音が鳴るばかりだった。

「死んでいるんじゃないか」

野山がいった。小森も満利の自殺を想像した。

家主の許可を取ったという知らせが届いた。

体格のいい若い署員が、バールを振り上げた。と、そのとき、ドアが内側から開いた。何人かが、開いたドアのなかをのぞこうとした。ドアが全開した。長い髪をした女が仁王立ちしていた。白井は一歩退いたが、気を取り直してか一歩前へ出て、

「川澄満利だね」

ときいた。

女性は壁のスイッチをはね上げた。玄関が白昼のような色に変わった。彼女は白井の正面で、顎《あご》を引いた。

女性警官が満利の左側に立った。署へ連行するので身支度をするようにといったらしかった。

黒いコートを着て玄関を出てきた満利はわりに長身だった。長い髪が肩と背中に広がっていた。車に押し込まれた彼女を、中條は唇を噛《か》んでにらんだ。固くにぎった拳が震えていた。


野山と小森は中條を誘って、宮川に架かる筏《いかだ》橋近くの料理屋で、熱燗を注ぎ合った。

大皿に刺身が盛られているが、野山は機嫌を損ねている者のように黙っていた。

「川澄満利は、何人を始末しているんだろうか」

中條が盃を置いていった。

「最初は、付き合っていた男を、ラブホテルで殺したんじゃないでしょうか」

「ホテルで死んでいたのは、名田部健策という男でした。名田部は満利以外の女とも親しくしていた。満利はそれを知ったので、憎さから殺《や》ったんじゃないかと思いますが、名田部と一緒に彼女がホテルへ入ったという証拠を挙げることができませんでした」

中條は何年も前の事件を振り返っていた。

野山は、ジャケットの内ポケットからノートを取り出すと、思い付いたことがあるらしく、さかんにペンを走らせた。彼は目下、月刊誌に「棄てた故郷の雪景色」という小説を連載することになっているが、書き出しが浮かばないと、小森に何度もいっている。冒頭にショッキングな事件を据えたいのだった。上高地のホテルか梓川で事件が起きるのはどうか、と語ったこともあった。夜の上高地の梓川から、「助けて」という悲鳴がきこえたというのはどうか、と小森がいうと、野山は、夜の情景をイメージするように目を瞑《つむ》っていた。たぶん石河原を洗う流れの音をたぐり寄せていたにちがいない。

今夜の野山は飛騨牛を食べたいといわず、刺身を二た切ればかり口に運ぶと、野菜の天ぷらと生わさびをオーダーした。擂《す》った生わさびをつけて食べるのが好きなのだ。

中條は、刺身に醬油をたっぷりつけて食べ、熱い酒をぐびっと飲《や》る。銚子をつかんで野山と小森の盃に注ぐと、自分の盃も満たして一気に飲む。顔色より先に目が赤くなった。

野山は、ウドの天ぷらを食べながら、「面白い。これは面白い」と、独り言をいった。新たに連載をはじめる小説の書き出しが決まったようだ。ノートをポケットにしまうと、ポンと胸を叩いた。

翌日、帰りの列車内で、下呂でいったん下車して温泉街を見てまわろうと小森がすすめたが、

「嫌だ。早く帰りたい」

野山はそういって目を閉じた。彼は昨夜、料理屋で発想したことを早く原稿用紙に書きたいらしかった。

野山は夢のなかでも小説を書いているということがある。夢のなかですらすら書けることもあるが、一行書いてはつまり、また一行書いては停頓することもあるといっている。

高山から帰って一週間後、高山署の白井刑事から野山邸に電話があった。小森が応答した。

川澄満利が名田部健策殺しを皮切りにいくつもの犯行を自供したという報告だった。

「満利は名田部と二年間ぐらい付き合っていましたが、彼に不信を抱くようになって、彼の行動を監視していたんです。すると彼は、菓子屋の店員をしている女性とも付き合っていることを突きとめた。突きとめたことをいわず、二人でホテルに入り、彼に睡眠薬を服ませ、真夜中にホテルを抜け出したんです」

――満利は、名田部が死亡したことを知ると、実家をはなれ、逃げるように上高地へ行ってホテルに就職した。名田部の親友だった有馬安彦。彼女が上高地のホテルで働いていることをつかんだ男がいた。名田部の親友だった有馬安彦。彼は満利に会うために上高地へ行った。そして名田部を殺しただろうと追及した。彼女は否定した。すると有馬は、松本署に通報して取り調べてもらうと食い下がった。満利は彼を振り切って逃げようとしたが、生かしておくのは危険と判断した。そこで暗がりを利用して彼に抱きつくような振りをして梓川へ突き落とした。暗い川のなかから、助けを求める彼の声を二度きいた。彼女は耳をふさいで、勤めているホテルへ飛び込んだ。有馬はまちがいなく死ぬだろうと思った。

有馬が上高地で死亡すれば、満利を怪しいとにらんで近づいてくる者がいそうな気がした。有馬はだれかに、上高地にいる満利に会いに行くと話していたかもしれなかった。

満利は考えた。高山や上高地の近くにいると、さがしあてられそうな気がしたので、灯影に隠れるために東京へ逃げた。

すぐに新宿・歌舞伎町のスナックに勤めることができた。本名を隠した。その店の客の大半は年配者だった。静かに飲み、何年も前に流行った歌を二、三曲うたっては帰るのだった。

週に一度はやってくる新聞社勤めの五十代の客が、満利と話しているうちに、「あんたは飛驒地方の生まれだね」といった。彼女は即座に名古屋生まれだと答えた。が、その人は信じていないような顔をした。

満利は安全な途《みち》をたどることにして、「名古屋の母が急病」といってスナックを辞めた。大阪か福岡へ飛ぼうかを迷っていた。北海道が舞台のテレビドラマを観て、札幌へ行くことを思い立った。

彼女は初めてすすきのの交差点に立った。テレビで観たことのある酒の広告看板と向かい合った。日が暮れると街中が紅《あか》い灯にいろどられたように見えた。はなやかな紅い灯や青い灯は自分をそっと包んでくれそうな気もした。

彼女は、鹿久保和也という人がやっている紫という小さなスナックへ雇われた。マスターの鹿久保も、二人のホステスも北海道生まれの人で、言葉に少しばかり訛《なまり》があった。満利は富山市出身ということにした。札幌へ観光旅行にきてこの街が好きになったと話した。

満利は昼間は地下街のカフェに勤めて、家賃の安いアパートに住んでいたが、やはりアパートに暮らしていた同僚の長尾典絵から、マンションへ引っ越しすることにしたけど、一緒に住まないかと誘われた。日曜に二人でマンションの空室をさがした。すすきのへは電車で二た駅のところに適当なマンションがあって、そこを典絵の名義で借りることにした。

典絵は、几帳面できれい好きだった。いずれ役に立つといって英語を勉強していた。一緒に住んで分かったが、彼女はマスターに好かれていて、たまにマスターと二人きりで会うことがあるようだった。

その典絵がある日、「あなた富山の出身だっていうけど、富山にいられないことでもあって、札幌へきたんじゃないの」と真顔できいた。どうしてそんなことをいうのかと満利がきくと、「ときどき、寝ているときにうなされて、ヘンな声を出しているわ。恐い夢を見るんじゃないの」といった。満利は、恐い夢を見るなんていう意識はないと答えたが、典絵は、「ゆうべも怯《おび》えているような声を出したので、あなたの顔を見たの。そうしたら額に汗を浮かせていた」と、白い目を向けた。

「悪いと思ったけど、わたしあなたの運転免許証を見ちゃったの。……あなたは富山の人じゃなくて、岐阜県高山市の人じゃないの。どうして嘘《うそ》をついているの。なにがあって高山からきたの。高山にはいられないことがあったのね」

高山でなにがあって札幌へきたのか話して、と典絵はいった。

「たいしたことじゃないの。一般には大したことじゃないと思うけど、わたしには痛手だった。なので遠くはなれたところで暮らしたくなって、札幌へきたのよ。ほんとに、大したことじゃないの」

そのうち話すといって、薄笑いを浮かべてごまかした。が、満利は落ち着いていられなくなった。典絵はなんらかの方法を使って、満利が高山をはなれてきた事情をさぐりあてそうな気がした。

典絵は風邪をひいた。少し熱が高いし、頭が痛いといって店を休んだ。満利が深夜に帰ると、典絵は咳《せき》をしていた。額に手をやると熱かった。枕もとには熱さましという風邪薬が置いてあった。満利はその薬の容器にいつも持ち歩いていた睡眠剤を入れ、眠る前の典絵に服ませた。典絵はやがていびきをかきはじめた。

朝がた典絵は死んだ。満利は知らないふりをして昼間の勤務先へ向かった。そして夜はスナックに勤め、それを終えて帰宅した。部屋のなかの異状といえば典絵の蒼《あお》い顔が横を向いているだけで、それは朝と変わりはなかった。満利は、自分が異常なことをしているのを認識しながら、身の周りの物を鞄《かばん》に詰めた。そうしているあいだ、典絵が目を覚まして、腕を伸ばしてきそうな気が何度もして、寝床のほうを振り向いた。

満利は東京へ飛んだ。銀座のクラブへ面接に行くと、すぐに働いてください、といわれた。約半年のあいだ高級クラブで働いた。音楽関係の仕事をしているという紳士と三回、ベッドをともにした。その人は三回とも厚みのある封筒を彼女の膝にのせた。

満利は、生きていくためにはやらねばならないことに気付いた。紫のマスターをこの世から消すことだ。彼は満利が高山の出身だということを典絵からきいていたにちがいない。典絵は満利に殺されたと勘付けば、彼女の行方を追うだろう。満利は実家にもどるか、実家へ立ち寄ることがあるだろうとみて、実家を張り込みそうな気がした。

そこでしばらく高山に住んでみることにして、実家から少しはなれた一軒屋を借りた。

高山へもどって二週間がすぎたころ、彼女の勘はあたっていた。布袋のような物を肩に掛け、汚れた物を着たマスターが、実家の前の道や、裏口が見える道に立っていた。彼女は野球のバットをコートの内側へ忍ばせて逆に鹿久保を尾行した。彼は観光客でにぎわっている商店街をぶらぶらと歩いていた。満利を見つけようとしているのかもしれなかった。

秋の日暮れは早く、街灯が一斉に安川通りを照らした。鹿久保は鍛冶橋の欄干の立像を見上げ、橋を渡りきると遊歩道への階段を下りた。橋の下へでももぐり込むつもりのようにも見えた。満利はその彼を追って階段を下りた。彼は振り向いた。満利だったので驚いたのか、あっと口を開けた。満利は隠し持っていたバットを取り出した。鹿久保はなにかいったが、バットを見て逃げようとした。彼女はその背中へバットを打ちつけた。鹿久保は背中を向けてよろよろと歩いたが五、六歩で膝をついた。満利は彼を蹴《け》った。なにもいわず、地面を這った彼を、何度も蹴って川へ突き落とした

――

小森から白井刑事の報告をきいた野山は、満利はなぜ人を殺したのかを、作品上で考えたい、といった。

第六章　鯨波と洞窟

1

なぜなのか野山家には災難がつづくようになった。

一月末日だ。野山は、「出掛ける」といって身支度をはじめた。午後六時、庭にいるアキタが激しく鳴いた。異変を感じたので小森は勝手口から外へ飛び出した。アキタが駆け寄ってきたが、門のほうへ走って行って激しく吠《ほ》えた。植木と黒い岩のあいだから煙が上がっていた。近づくと地面で小さな炎が揺れていた。

小森は、「水を持ってきて」といって、炎に目を近づけた。

八重がヤカンを持って駆け寄ってくると、地面の炎を見て、「ひゃっ」といった。ヤカンの水で火を消したあと、懐中電灯で地面をさぐった。光ったものが散っていた。

それをつまんで見るとガラス片だった。何者かが火焔《かえん》びんを投げ込んだのだと知った。

「この家を恨んでいるやつがいるのかな」

野山は応接間のガラス戸を一杯に開け、微風に植木が揺れている庭を見まわした。

「単なるいたずらとは思えません。火焔びんが、あの岩にあたっていなかったら、大ごとになっていたかも」

小森は、このことを警察に届けるべきではないかと野山の顔を見ていった。

「届けたら、また刑事がくるぞ。心あたりはないかと、いろいろきかれる。それが面倒だ。火焔びんを投げ込まれたことは、近所には知られていないはずだから、警察には届けないことにしよう」

野山はそういうと、コートに袖《そで》を通した。

「先生。今夜はお出掛けにならないでください。すわってください。だれに恨まれているかを考えてください」

小森がいうと、野山はコートを着たまま応接間のソファに腰を下ろした。

タバコをくわえると、上着のポケットからノートを取り出し、ペンを走らせた。きのうの出来事を控えたようだ。

「私のことを恨んでいるとしたら、それは高山の川澄家の人たちだろう。あの家族は娘の満利をかくまっていた。彼女が重大事件に関係したことの察しはついていたと思う。満利をまた、遠方へ逃がすことを考えていたかもしれないな。……それから安能薬品も恨みを持っていた。小説に薬を実名で書かれたくらいで、売り上げに響いたりなんかしないだろうが、社員のなかには、作家にお灸《きゅう》をすえたいと考えた者がいただろう。……そのほかには……」

野山がそういって瞳をくるりと回転させたところへ、パトカーのサイレンがきこえ、その音がこの家の前でぴたりとやんだ。

インターホンが鳴り、八重が応じた。彼女は野山と小森が向かい合っている応接間のドアを開けると、「警察の方が見えました」といった。

高井戸署の松下と井上刑事の後ろに制服警官が二人玄関へ入ってきた。その背後にも人影が見えた。

小森が応対した。

「放火されたということですが……」

松下が息をきらしているような口調でいった。

「どうして、それを……」

小森がきいた。

「署に電話で通報があったんです。野山家が放火されたという」

署はすぐに消防署に連絡したので、消防署員も同行した、と松下は後ろを振り向いた。ドアの外にいるのは消防署員だった。

庭へ火焔びんを投げ込んだ者は、なんの効果もなかったことを知ったのだろう。野山家では火焔びんのことを、警察にも消防にも通報しないのではと推測したので、警察に電話したのにちがいない。

小森は庭に出て、火焔びんが落ちていた地点を全員に話した。署員が写真を撮った。黒い岩に生えた苔《こけ》の一部が焦げた程度の被害である。だが署員は小型の箒《ほうき》で塵《ちり》を集め、それを透明の容器に入れた。

「大ごとにならなかったですが、これは明らかに放火目的の犯行です。なぜ警察に通報しなかったんですか」

松下は小森をにらみつけた。

小森は、通報しようかを相談していたところだと答えた。

「明るいときに、もう一度現場を検べますので、手を触れないでください」

松下はそういって、引き揚げていった。

八重はいつものように夕食の支度に追われていた。良子はテーブルの端に肘《ひじ》をついてテレビを観ている。

光洋と忠太が帰宅した。小森が立ったまま二人に、夕方の出来事を話した。野山がのそりと食堂へ入ってきた。

「この野山家に、遊介がいるかぎり、災難は尽きない」

忠太がいった。

野山は鼻で笑うような顔をして腰掛けた。

固定電話が鳴ったので小森が受話器を上げた。T経済新聞社学芸部の谷崎《たにざき》という編集者からだった。小森は四十代半ばの谷崎に何回か野山邸で会っていた。T経済新聞社は野山のエッセイを年に二回載せていた。

「野山先生はこれまでに、ご自分の経歴、つまり歩いてこられた道のりを、お書きになっていらっしゃいますか」

谷崎は、ささやくようなやさしい声で尋ねた。

「断片的には、出会ったことをエッセイに書いてはいますが、自己の伝記といったものは書いていないはずです」

「そうでしたか。当社では各界の方がたに自伝を書き下ろしていただいて、四六の厚表紙で出版しております。野山先生にもぜひとも、今日までのさまざまなご体験をまじえたものを、お書きいただきたいので、お忙しいと思いますが、小森さんからお取りはからいをお願いいたします」

小森は、野山に趣旨を伝えると返事した。谷崎は電話を野山に代わってくれといわなかったので、仕事の依頼に対しての礼をいって電話を終えた。

食堂にもどると味噌汁をすすっている野山に、谷崎の用件を伝えた。

「そうか。そうか」

野山はにんまりとして二度うなずいた。T経済新聞は野山を、現代の大衆文芸作家の代表と認めたのだった。それがうれしかったらしく、火焔びん事件のことは忘れてしまったように、ご飯に佃煮《つくだに》をのせて一杯食べると、口を動かしながら書斎へ上がって行った。

銀座へ行かなくなった野山だが、新宿で気に入った飲み屋を見つけたらしく、週に一度は足を運ぶようになった。だが、小森を誘わなかった。

小森は、どんな店で飲んでいるのかを野山にきいてみた。

「歌舞伎町のクラブだ。千日社《せんにちしゃ》の福島《ふくしま》氏に連れていかれたんだが、銀座のクラブより格段に面白い。女のコの顔はいまいちだが、スタイルだけは抜群。銀座みたいに気取っていない。千葉の銚子や茨城の常陸太田《ひたちおおた》出身の女のコは、生まれたところからきのう出てきたみたいに、訛《なまり》があるんだ。要するにイモねえちゃんなんだけど、からだはモデル並み。そういうコが赤や青のドレスを着て、田舎丸出しの言葉遣いをする。そのコたちと話していると、東京にいる気がしなくなる」

そういったが、小森を連れて行こうとはしなかった。

二月半ばの強い風の吹く夜十時半。野山光洋が自宅にいる小森に電話してきた。珍しいことだった。いや彼からの電話は初めてだった。

「たったいま、新宿警察署から電話があって、父が事件を起こしたらしいんです。いま署で話をきいているが、今夜は家に帰れないかもといわれました」

どうしたらいいかと光洋は心細げにいった。

「分かりました。私がすぐに警察へ行きます。光洋さんは家にいてください」

小森は風呂に入りかけていたが、身支度をととのえ、マフラーを二重に巻いた。妻の三保子は玄関で、黙って小森を見送った。彼女は、西荻窪駅近くのそば屋へ勤めている。午後四時までの勤務だが、立ち仕事なので足が痛くなると話していたところだった。

小森はタクシーで新宿署に着いた。宿直係に二階へ案内された。野山は留置場か取調室にでもいるのかと思ったら、部屋の中央部のソファで、体格のいい四十代に見える二人と向かい合っていた。

小森が近づくと、「おう、ご苦労さん」といって片方の手を挙げた。「なにがご苦労さんだ。なにをやらかしたんだ」といいたかった。

長身の刑事が立ち上がって、小森を窓ぎわの回転椅子《いす》にすわらせた。中島《なかじま》という警部補だった。

野山は寂しげな表情をして、はなれた席から小森を見ている。

「野山遊介さんは今夜の九時二十分ごろ、歌舞伎町のマリンガーというクラブで、三十三歳の二本松《にほんまつ》さんという男性の顔を殴って、怪我を負わせました。二本松さんは病院へ運ばれて手当を受けましたが、鼻の骨が折れているということで、今夜は病院で寝んでいます」

「酒を飲んだうえで、喧嘩《けんか》したんですね」

「殴り合いをしたのではなくて、野山さんが真正面からストレートパンチを食わしたようです」

「野山は、そんなことをする人間ではありませんが」

「ボックス席にいた野山さんに二本松さんが近寄った。すると野山さんは立ち上がって、二本松さんの顔を殴ったようです。二本松さんは抵抗せずに倒れ、血を流したそうです。店ではすぐに病院へ運びました」

「病院は、どこですか」

「その店から目と鼻の先の大久保病院です」

店では客同士の喧嘩なのだからと警察に通報しないことにしていたが、店を出て行った客が一一〇番通報したらしい。巡回中のパトカーはマリンガーに着き、警官はほうっとして立っていた野山に声を掛け、殴ったことを認めたので、署に連行したのだという。

署へ連れてこられた野山は酔ってはいなかった。係官のきくことに明快に答えた。その内容はこうだった。――野山はマリンガーの中央部のボックス席で、二人のホステスと水割りを飲みながら話していた。そこへ、二つはなれた席で飲んでいた二本松が近寄って、野山と話しているイチコというホステスを呼んだ。酔っていた二本松は、「いつまでそこにいるんだ。早くおれのとこへこい」というようなことをいった。それをきいた野山は、「失礼じゃないか」といった。

「失礼だと。あんたは何者なんだ」

「おれは、野山というもの書きだ」

「なにを書いているんだ」

「小説だ」

「ふん。どうせ役に立たない、うわ言みたいなくだらないものを書いてんだろ」

野山は立ち上がると同時に、二本松の顔面めがけて腕を突き出した。二本松はなにもいわずに倒れた――

「二本松という人は三十三歳だそうですが、なにをしている人ですか」

「二本松君雄《きみお》といって、学習塾の経営者です。父親は重三郎《じゅうざぶろう》といって現在、都議会議員です。学習塾は重三郎氏が創業して、いまは君雄さんに経営を任せているということです」

「そういうことが、よくお分かりになりましたね」

「文京区小日向《こひなた》の自宅に連絡したら、君雄さんの奥さんが病院へ駆けつけました」

君雄の妻は、夫が歌舞伎町のクラブで飲んでいたことを知らなかったという。

「野山さんは、ボクシングをやっていたことがありますか」

「きいたことはありません。ないと思いますが」

「野山さんにもききましたが、ないと答えました」

野山は一発で三十三歳の二本松を倒した。それでボクシングの経験があったのではと疑ったらしい。

2

野山は新宿署で、始末書に署名して放免された。

東の空が白みはじめたころ、野山と小森はタクシーを降りた。野山は両手で天を突き、肩を何度も回転させた。人に怪我を負わせたために警察署で一夜を明かした人には見えなかった。小森は二歩退いて、野山を眺めた。一睡もしていないが、あくびは出ない。

ポストをのぞいたが、朝刊はまだ配達されていなかった。くぐり戸をはいると、アキタが駆け寄ってきて、野山の前で前脚を上げた。主人が外でどんなことをしてきても、アキタは忠実であった。

小森は、八重がつくった朝食を、良子と光洋と忠太と一緒に食べた。

都庁勤めの光洋は、廊下の鏡の前でネクタイを締め直すと、小森のほうを向いて頭を下げた。良子は小森の後ろに立っていた。

小森は椅子に腰掛けてひと眠りすると、良子と八重に断わって外出した。

新宿の高野で籠入《かごい》りのフルーツを買って、文京区小日向の二本松家を訪ねた。新築したらしい門は白木造りだった。

君雄の妻が小さい犬を抱いて出てきた。君雄は退院して、寝んでいるということだった。

野山も人に怪我をさせたショックから、寝込んでしまった、と小森はいって、深く頭を下げた。

「野山さんは小説家だとうかがったものですから、スマホで。……本をたくさん出していらっしゃる方だったんですね。そういう方が、社交場で人を殴り倒すなんて。小説家になる前は、なにをなさっていた方ですか」

いくぶん高飛車ないいかたをした。小森は、普通の会社勤めをしていた人だといって、退いた。この女性と話していると腹が立ちそうだと思った。

野山邸へもどると、野山は食堂で八重と向かい合っていた。彼は白いご飯の上に黄色のタクアンをのせ、豆腐の味噌汁を飲んでいた。

「一時間ほど前に、西郷《さいごう》さんとおっしゃる男の方から電話がありました」

八重は小森にいった。

「初めての方です。野山先生にぜひともきいて欲しい話がありますといわれたので、間もなく掛かってくると思います。お話でしたら秘書がおききしますのでと答えました。掛け直すといわれたので、女性のようなやさしい声の方です」

八重は、焼きそばをつくったのだが、といったので、小森はそれをいただくといった。

野山は焼きそばが嫌いなのではないが、白いご飯を食べたいといったのだろう。彼は黄色のタクアンを音をさせていくつも食べている。

良子が食堂へ入ってきた。手を洗ってテーブルに向かうと、

「小森さん。ご苦労さまでした」

といった。彼女は二本松家はどうだったかをきかなかった。小森のあと始末を信頼しているからだろう。

「あなた、タクアンばかり食べていないで」

良子はタクアンの鉢を自分の前へ引き寄せた。

「このごろ忠太がヘンな朝メシを、食うらしいじゃないか」

野山は八重からきいたのだ。

「おいしいんですって。わたしは気持ち悪くて食べてみないんだけど」

良子は眉《まゆ》を寄せた。

野山は、忠太と同じものを食べてみるといった。

八重は笑いながら、納豆とお茶漬けのりとパックの牛乳を野山の前へ置いた。

「ご飯に冷たい牛乳を掛けるなんて……」

良子は、納豆を箸《はし》でかきまわしはじめた野山の手の動きを見ていた。彼の右手の指にはインクの汚れがついている。小森が外出しているあいだに原稿を何枚か書いたにちがいない。

野山は、牛乳をたっぷり掛けると、音をさせてご飯を食べはじめた。

「旨い。旨いなこれ。朝飯にはこれがいい」

彼は朝飯などめったに食べないのにさかんにほめた。タクアンも豆腐の味噌汁も忘れてしまったようだった。

一気に食べ終えて息を吐いた野山を見て、良子は笑った。小森は良子の笑顔を久しぶりに見た気がした。

八重は、あまり物を片づけるように、小皿に焼きそばを少し盛ってご飯にのせて食べていた。小森は初めて気づいたが、八重の茶碗は、野山や良子のよりひとまわり小さかった。

野山が、久しぶりにいぶりがっこを食いたいといったところへ、電話が鳴った。

小森が出ると、西郷という男性だった。野山にきいてもらいたい話がある、といったので、

「ここへおいでになれますか」

ときくと、

「おうかがいいたします」

と丁寧に答えた。

西郷という男は電話から一時間ほどしてやってきた。四十歳見当で小柄だが、上質そうなスーツを着ていた。

小森が応接間へ通すと名刺を差し出した。それには［大熊《おおくま》建設株式会社　営業企画本部次長　西郷宗行《むねゆき》」とあった。準大手のゼネコンで、近年は海岸掘削工事を請け負っている会社という知識が小森にはあった。本社は日本橋である。

応接間へ野山が入ってきた。西郷は立ち上がって名刺を渡した。野山は西郷の全身を吟味する目をした。

西郷は野山の著書を何冊も読んでいるし、野山の原作のテレビドラマも観ているといった。

「私は毎日、読友新聞の夕刊に野山先生が連載なさっていらっしゃる小説の『夜の虹』を拝読しています。……社長を殺した犯人グループは、社長の遺体を、群馬県や栃木県の山中に埋めますが、車で群馬や栃木へ行ったことがバレそうなので、遺体を別の場所へ移す相談をしています。そこを読んだとき私は、ある場所のあることを思い出しました」

西郷はそこで言葉を切ると、八重が運んできたコーヒーを一口飲んだ。

野山は腕組みして目を瞑《つむ》って、西郷の話をきいていた。

「去年の十一月のことですが、私は上野のあるカフェで人がくるのを待っていました。私の隣の席では男の人が三人、額を突き合わせるようにして話し合っていました。私は目を瞑って三人の話に耳をかたむけていたのですが、ときどき、柏崎《かしわざき》とか、海岸という言葉がきこえました。柏崎は新潟県の日本海に面した町です。四、五日前に『夜の虹』を拝読しているうち、上野のカフェにいた三人組のひそひそ話を思い出したんです。もしかしたら三人組はなにかを隠そうとしていたのではないでしょうか。……私は仕事で何度も柏崎へ行っています。鯨波《くじらなみ》という海岸で海水浴をしたこともあります。海岸の岩場には洞窟《どうくつ》があって、満潮時には潮が洞窟内に入り、潮が引くと洞窟内のゴミなどをさらっていきます」

「分かった、分かりました」

野山は目を開けると手を挙げ、西郷の口をふさぐような格好をした。それ以上は話すなということだった。西郷は干潮時に洞窟のなかへ入ったことがあったのではないか。その現実を野山はききたくなかった。彼はイメージをふくらませて、意外な状況をつくりたいのだった。彼は西郷の話を面白いと思った。日本海を向いた柏崎の海岸に鯨波という浜も、そこに洞窟が口を開けているのも知らなかった。それを話してくれただけで充分で、潮の満ち引きのようすは想像で書けると判断したようだ。

「西郷さんのお話は面白かった。参考になりました」

野山は目を細めた。

「そうですか。それはよかった」

西郷は長居は無用と思ってか、椅子を立った。

小森は、門を出るところまで西郷を見送った。アキタが駆け寄ってきて、遊んでくれというように前脚を上げた。

応接間へもどると、野山は手も足も組んで目を閉じていた。

「おい。あした柏崎へ行くぞ」

野山は目覚めたような顔をした。

「急ですね」

「いまの西郷という人の話が面白かった。彼がいっていた洞窟を実際に見たくなったんだ。洞窟がどんなかたちをしているのか、そこへ人が近づけるものなのか……」

新聞に連載中の小説「夜の虹」につかえるかどうかを、取材したくなったという。

「柏崎へはどういうルートで行く」

「列車ですか」

「列車で行ってみたい」

いつも乗り換えが面倒だといっているのに、珍しいことである。

「上越新幹線で長岡。信越本線で柏崎。たしか鯨波という駅があったと……」

小森は資料室へ飛び込むと時刻表を開いた。

「朝早い列車で行けば、日帰りが可能です。それともどこかをまわりますか」

「現地を見たうえで考えよう」

小森は時刻表を手にして、朝七時の上越新幹線に乗れば午前九時すぎに柏崎に着けるといった。

「それがいい。それで行こう」

毎日午前十一時に起床しているのに、西郷という人の話に誘発されたらしかった。

野山が早朝に出発するとその影響は家族全員におよぶ。

東京駅まで八重に車で送ってもらうことにしていたのだが、夕飯のとき、光洋が運転していくといった。彼はその車で新宿の都庁へ出勤する。

「八重さんは、朝は忙しいんだよ」

光洋がいうと、良子と忠太がうなずいた。

野山は、だれが車を運転しようと関係がないといっているように、テレビを向いて黄色いタクアンを噛《か》んでいた。

3

午前七時、新潟行きの「とき」に乗った。座席を埋めているほとんどの人がビジネスマン風だった。座席にすわるとすぐに弁当を広げる人たちがいた。

野山と小森の朝食は、八重が持たせてくれたにぎり飯だ。のりで包んであって芯はこんぶの佃煮と明太子だった。

野山は食欲がないといって、一つしか食べなかった。小森が三つ目を食べはじめると、

「あんたは朝からよく食うね」

といって、お茶のボトルを口にかたむけた。

車内販売のコーヒーを飲むと越後湯沢だった。ひと眠りしないうちに長岡に着いた。信越本線への乗り換えは五分後だった。特急「しらゆき」は三十分足らずで柏崎に着いた。鯨波は次の駅だったが特急列車はとまらないので、柏崎で降りた。午前九時になっていなかった。

駅前でタクシーに乗る前に、鯨波の海岸には洞窟があるかをきいた。

「洞窟があるのをきいた憶えはありますが、見たことはありません」

五十歳ぐらいの運転手は、野山と小森を見て、この寒中になぜ洞窟の存在などをきくのかという顔をした。

海を向いた洞窟はたしかにあるらしいことが分かったので、そこへ行ってみることにした。

タクシーは松林のなかを走った。そこは日本海に突き出た岬で、林のなかに旅館が一軒建っていた。洞窟があるとしたら、この真下だと運転手はいって、白い砂浜の近

くへ車をとめた。夏は海水浴場になるところだった。さえぎるもののない海は冷たい風と白い波頭を運んでいた。野山も小森もコートの襟を押さえた。耳はちぎれそうである。運転手は右手のほうを指差した。岬の直下が黒ぐろとした岩壁で、そこに小さな木がしがみつくように生えているのが見えた。

運転手が、洞窟があるとしたらあそこだといって、先頭に立って歩いた。波打ちぎわに魚が死んで白くなっていた。波がしらにはじき飛ばされ、砂の上で海にもどれなくなったらしい。

洞穴《ほらあな》はあった。四十五度ぐらいの角度で口を海に向けていた。潮が引いたところらしく砂は湿っている。三人は姿勢を低くして内部をのぞいた。穴の口には松の根や枝がかぶさっているので穴の奥は暗かった。運転手は、「ちょっと待ってください」といって、車のほうへ走って行った。懐中電灯を思い付いたのだった。

ライトを持った運転手の後を追って洞窟内へ踏み込んだ。白いビニール袋の切れ端のようなものや、ペットボトルや、色褪《いろあ》せた円形の容器などが散らかっていた。容器を拾い上げて見るとハングル文字が印刷されていた。どうやら朝鮮半島から波にのって運ばれてきたもののようだ。穴の面積は三畳敷ぐらいで、天井へは高さは百七十センチ以上の部分もあった。満潮時は一メートルあまりが潮に沈むようだ。

うであった。

野山は、あちこちをコンパクトカメラに収めた。すでに文章が頭に浮かんでいるよ

「伊豆にも、海水の浸食で穴がいくつも開いている洞窟があったな」

野山は何年か前に訪ねた伊豆の旅を思い出したようだった。

「よし、分かった。来てみてよかった」

暗い穴から出ると野山は、吠えるように波を送っている海を向いてつぶやいた。

タクシーは帰りも松林に入った。野山はなにを思い付いたのか車をとめて、一歩外へ出ると頭上や周囲を見渡した。松籟《しょうらい》をきいているだけではないようだった。

「十年ぐらい前、地方まわりのセールスをしていた男から、柏崎の思い出話をきいたことがあった。……その男は、長岡の旅館で、その旅館に勤めていた女性と理無《わりな》い仲になった。男には東京に妻子がいた。女性はそれを知っていたが男を諦《あきら》めようとしなかった。男と彼女は柏崎の松林のなかの旅館に泊まった。男は、彼女が入浴中に旅館を抜け出した。彼女を棄てて東京へ帰るために柏崎駅に向かって走った。上り列車でも下りでもいいから、最終列車に乗るために走ったということだった。その男は、どこかでふん切りをつけなきゃと、考えつづけていたらしい。……その男は妻子のもとへ帰ったが、女性のほうに惹《ひ》かれて、妻子を棄てたという人もいるだろうな」

小雪が舞いはじめた。野山は破れテントのような木々のあいだからちらつく雪に、手をかざしていた。

野山は、連載小説「夜の虹」に鯨波の洞窟を書いた。直《じか》に見てきたからか、黒ぐろとした岩に口を開けた穴の描写はなまなましくて無気味で、岩壁に嚙みつく波の音がきこえてくるような迫力があった。

——社長を殺害した犯人グループは、遺体を群馬県や栃木県の山中に埋めたが、車で行ったことが警察につかまれそうなので、遺体を別の場所へ移すことにする。グループの一人がかつて海水浴に行ったことのある鯨波を思い出し、洞窟と潮の満ち引きを話す。つまりそこに棄てた遺体は、満潮時には浮き、退潮のさいには岩礁もあるので、打ち寄せる波によって遺体はバラバラになり、魚に食われてしまう、と話す。それをきいたグループのリーダーは鯨波の洞窟を見にいき、話のとおりだったので、そこを気に入る——と、野山は書いた。

その場面が新聞に掲載されると反響があった。柏崎市役所の職員と名乗る人が、「鯨波は観光地だ。そこへ殺した遺体を遺棄するなんて、まるで柏崎市に恨みでも持っているようだ。小説なのだから架空の土地でいいのではないか」と電話で抗議してきた。

「柏崎市に鯨波という海岸があるのは知らなかった。そこには実際に洞穴があるのか、行ってみたい」という投書があったと、出版社の担当編集者から連絡があった。

テレビ番組を制作しているテレカップという会社の羽田《はた》というプロデューサーが訪れた。野山が一年ほど前に出したサスペンス小説を原作とするドラマをつくりたい。毎週放送で十回の大作を考えているのだが、主役俳優をだれにするかが決まっていない。

「野山先生は、テレビドラマをご覧になりますか」

丸いメガネを掛けた羽田はきいた。

「いい俳優が出ているドラマは観ます」

「先生のおっしゃる、いい俳優はだれでしょう」

「大高純一《おおたかじゅんいち》、北島善治《きたじまよしはる》、それから稲盛知宏《いなもりともひろ》」

野山はすらすらと挙げた。

プロデューサーは、「ほう」といってノートにメモした。野山が挙げた俳優はみな四十代後半だった。

「好きな女優はいますか」

「二人います。花屋敷《はなやしき》かほりと寺門祐希《てらかどゆうき》」

羽田は意外だという顔をした。花屋敷かほりと寺門祐希は現在、顔を合わせれば取っ組み合いの喧嘩をする役をドラマで演じている。二人の歯切れのいい罵《ののし》り合いと、まくしたてるような啖呵《たんか》と、すさまじい殴り合い場面が話題だ。

「二人とも三十をちょっと出たところです。五、六年前までの花屋敷は、時代劇ではお姫さま、現代ものではお嬢さん役だったんです」

「私は寺門祐希の、哀しい場面で薄く笑うところが好きなんです。ほんの一瞬、本人でない人が笑うように笑う。あの表情は、ほかの役者にはない。飾り気のない普段着で演《や》らせるといい」

羽田は強くうなずいた。野山の感想に納得しているようだった。

二日後、羽田は電話をよこし、北島善治と稲盛知宏を主役と準主役に採用することになったといった。小森は電話を野山に取り次いだ。野山は機嫌をよくして笑いながら話していたが、

「稲盛知宏は何年か前、歌をうたっていた。今度のドラマでは歌はうたわせないでもらいたい」

と、注文をつけた。

「私には以前からやってみたい仕事がある」

野山は羽田との電話を終えると、目を細めて小森に話し掛けた。

「どういう仕事ですか」

「映画の監督だ。テレビドラマの演出でもいい」

「羽田さんに、それをおっしゃってみたらどうでしょう」

「いやいや。実際にはやれないだろう。ああいう仕事には約束事がいくつもありそうだし。……私はただ、役者を、ああしろ、こうしろっていって、動かしてみたいだけなんだ」

小説の上で、登場人物を自在に動かしているではないか、と小森は思ったが、口には出さないことにした。

野山は午後三時から四時のあいだに、コーヒーを飲みながら御八つを食べる。醬油をたっぷりふくんだ煎餅《せんべい》かビスケットをキッチンで食べている。

インターホンに応えて玄関へ出ていった八重が、

「先生にお会いしたいという女性の方が、いらっしゃいましたが」

といった。野山は歯で割った煎餅を胸にこぼした。

「だれだ」

「ノブタさんとおっしゃいました」

知らない人だといったが、野山は玄関へ出ていった。

訪問者は吉祥寺の晴見皮膚科の医師だったので、野山は意外だという顔をした。医師は信田《のぶた》晴見と名乗った。彼女は菓子折を持ってきて、

「ご立派なお宅なんですね」

といった。

野山は、医師の訪問を受けたのは初めてだったのか、一段高い上がり口に立って、首をかしげた。口には出さなかったが、顔は「なんの用事か」ときいていた。

「わたくしは、野山さんが恐いんです」

「どういうことですか」

野山は仁王立ちしてきいた。

「薬の会社からもいわれましたけど、野山さんは小説に薬品名を実名で、危険な薬というように書いています。そのうち、わたくしのクリニックの悪口を書くんじゃないかと思いました。クリニックはある意味では人気の商売です、処方薬が恐いとか、危

険だなんていわれると、患者は尻込みします。……野山さんはペンという凶器を持っています。それを振りまわされては迷惑です。わたくしはあなたがとても恐いんです」

と、目を据えて抑揚のない喋《しゃべ》りかたをした。

野山は、また首をひねり、信田医師をひとにらみすると、玄関のたたきに置き去りにして二階へ昇っていった。

野山が立っていたところへ小森が立って、野山はもう痒《かゆ》みどめの薬の話は書かないと思うのでといって、蒼白《あおじろ》い顔をした医師を帰らせた。

「あの医者は、私のことを異常な人間というようないいかたをしたが、あの医者のほうが異常じゃないのか。なんだか顔色もよくなかった。……もしかしたら……」

野山は、瞳を回転させた。

「なんでしょう……」

小森は野山に一歩近づくようにきいた。

「先月、庭へ火焰びんを投げ込んだやつがいる。もしかしたらそいつは、あの医者じゃないのか」

「まさか……」

小森はつぶやいた。火焔びんを投げ込むという行為は男のような気がする。もしも晴見皮膚科から患者が激減したら、信田という医師は、野山遊介のせいだと思い込んで、また押しかけてきそうな気がする。

4

銀座へも歌舞伎町へも飲みに行かなくなった野山は、担当編集者に紹介されたといって、六本木のスナックへ通いはじめた。

彼は以前から週のうち一回は飲みに出掛けるのが習慣になっていたのである。

六本木の店は「ウインビー」といって、五十歳ぐらいのママとホステスが三人いた。そのうちの一人のまき子という二十五、六歳のコを野山は気に入り、夕方一緒に食事をしてから店へ同伴したこともあった。

小森は誘われて、一度だけウインビーへいったことがあった。ビジネスマン風の客が静かに飲んでいて、どちらかというと地味な雰囲気の店だった。

まき子は、昼間は渋谷の化粧品店に勤めているというが、三人のうちでは口数は少なくて垢抜《あかぬ》けしていなかった。栃木県宇都宮市生まれで、高校を卒業するとすぐに東京へきて、中堅の建設会社に勤めていた。

だが、従業員のなかに気になることをいう人がいたので、そこを二年で辞め、現在の化粧品店の店員になったという。

ある日のまき子は、野山にきかれて自分の生い立ちを語った。彼女からきいた話を、彼は短篇小説に書けるといって小森に語った。

——まき子が中学二年生の六月、母は、まき子にも三歳ちがいの弟にも一言も告げずにいなくなった。学校から帰ってくると、御八つを用意していつも台所に立っていた母だったが、その日は御八つがなく、なんとなく家のなかは空洞のようで、冷たい風が吹き抜けているように感じられた。洗濯した物がたたんで部屋の隅に重ねられていた。

夕方になったが、母はあらわれなかった。空腹を感じたので、近くのコンビニでパンを買って、弟と一緒に食べた。父は会社員だったが帰宅時間は一定していなかった。夕食どきになっても母はどこへ行ったのか帰ってこなかった。母のケータイに掛けると電源が切られていた。まき子はご飯を炊いた。じゃが芋の味噌汁をつくって、のりの佃煮で夕飯を食べた。弟はご飯を食べながらめそめそと泣いた。想像したこともなかった恐ろしいことが起こっていそうな気がして、その日は教科書を開くこともできなかった。

　風呂が沸いたところへ、父が赤い顔をして帰ってきた。まき子は、コンビニでパンを買って食べたことと、じゃが芋の味噌汁で夕飯をすませたことを父に話した。父は「そうか」といっただけだった。「お母さんは、どこへ行ったの」彼女は父にきいた。父は、「分からない」というふうに首を横に振っただけだった。

　次の朝は父が朝食をつくった。まき子は、母がいなくなった原因は父にあるような気がした。父と母は、低い声でいい合いをしていたのを彼女は知っていた。父が母を追い出したのかとも思われた。

　下校時はいつも、きょうは母がもどってきている、と自分にいいきかせた。だが母からは電話もなかった。まき子は、弟と一緒に棄てられたという気がした。教室で母のことを思い出してぼんやりしているのを先生が見て、「どこか悪いんじゃないのか」ときかれた。二度目にきかれたとき、母がいなくなったことを打ち明けた。すると先生は、「弟と二人で、やっていけるのか」ときいた。彼女は、「やっていきます」と答えた。

　隣接の鹿沼《かぬま》市に母の妹が住んでいたので、日曜にその家を訪ねて、母がいなくなったことを話した。叔母は胸に手をあてて、長いこと目を瞑っていた。叔母のその顔を見たまき子は、母は死んだのではないかと思った。

母がいなくなって半年が経った。日曜のことだったが、先夜帰宅しなかった父が若い女性を連れて帰ってきた。女性は三歳ぐらいの男の子の手を引いていた。

女性は、提げてきた鞄《かばん》から水色の前掛けを取り出して締めると、炊事をはじめた。風呂の掃除もした。まき子と弟に、食事はなにが好きかときいた。彼女は答えず、父に向かって、「わたし、ここを出ていく」といった。すると父は、「中学生の女の子が、どうやって独りで暮らしていくんだ。生活するって大変なことなんだぞ。少しばかり嫌なことがあっても、我慢してここにいろ。すぐに慣れる」といった。そういったときの父がなぜか大きく見えた。

父が連れてきた女性は、笑顔で話し掛けてやさしいいし、料理が上手だった。彼女は、まき子を、「まきちゃん」と呼び順平《じゅんぺい》という弟を「順ちゃん」と呼んだ。連れてきた男の子は稲穂《いなほ》という名だった。そして自分の名は桂木《かつらぎ》桃代《ももよ》だといった。

まき子と順平は、桃代を、「おばさん」と呼んだ。

「おばさんはないでしょ。お母さんて呼んでくれるのがいちばんなんだけど」といった。順平は、「嫌だ」といい、用事のあるときは、「ねぇ」と呼んでいた。

まき子も順平もいつの間にか桃代と稲穂が家にいることに慣れた。順平は母を恋しがって泣かなくなった。

　まき子は、台所に立っている桃代に、なぜ料理が上手なのか、どこかで習ったのかをきいた。

「料理の本を見たことがあるけど、正式に習ったことはないの。味つけって天性のものらしい。まきちゃん、一緒につくって」

　まき子は、包丁の使いかたや塩加減を桃代に教えられた。桃代と一緒にいるときは母のことを忘れていた。

　桃代と稲穂が同居してから気付いたのは、父の帰宅時間が一定したことだった。

　まき子が学校から帰ると、稲穂はそれを待っていたらしく、飛びつくように寄ってきて、遊んでいた物を見せたり、描いた絵を見せるのだった。

　その点、順平は冷《さ》めていて、桃代とはめったに会話しないし、稲穂の相手をしているまき子を、少しはなれたところから見ていた。

　まき子は県立高校へ入学した。中学の卒業式にも、高校の入学式にも桃代が参列した。中学の卒業式には父がくるものとまき子は思っていた。着飾った保護者の席に普段着の桃代の姿を認めたときは、「どうして」という言葉が口を衝いた。

　桃代は、順平の学校の卒業式にも入学式にも出席した。

　桃代は、学校は中学までしかいっていないとまき子に話した。彼女の両親の職業は知らなかったが、「父も母も、式にはこなかった」といった。

　まき子は、高校を卒業すると東京の建設会社に事務社員として就職した。宇都宮市内でも社員を募集している企業はあったが、東京へ出たかった。鹿沼の叔母が、「姉さんは東京へ行ったんじゃないかと思う」といったことがあったからだ。まき子は桃代を嫌いではなかったが、母には会いたかった。なぜ一言も告げずに家を出て行ったのかを、しょっちゅう考えていた……


　野山がなぜまき子の身の上を小森に語ったかというと、彼女の実母の所在をつかめないかと思ったからだといった。

「そういう人の行方を、どうやって調べるんだ」

　野山は、元調査員の小森にきいた。

「まず公簿をあたります。住所の異動届けをしているからです。あるいは離婚しているかも、離婚後、べつの人と婚姻している場合もあるでしょう」

「公簿を他人が見ることはできないよな」

「弁護士などに依頼して、調べてもらうか、住民票などを取り寄せてもらいます。

……先生はまき子さんに、お母さんの所在をさがしてあげると、約束でもしたんですか」

「秘書はなんでも知っているから、話してみるといっただけだ」

「私は、なんでも知ってなんかいませんよ」

野山はいつも持ち歩いているノートを取り出した。

「宇都宮市野尻《のじり》　田端美鈴《たばたみすず》　旧姓・中込《なかごめ》」

「これがまき子の母親で、健在なら五十歳。調べてみてくれ」

宇都宮市野尻は、まき子たちが住んでいたところだという。

小森は、神田川調査事務所に勤めていたときに知り合った新宿にある三国《みくに》法律事務所の白金《しろがね》弁護士に電話して、用件を伝えた。

弁護士は、公簿を照会するといった。翌日、三国法律事務所から回答があった。田端美鈴の住所は宇都宮市野尻から動いていないという。戸籍を見るとまき子の父である兼吉《かねきち》の妻のままになっていることが分かった。

小森は、田端美鈴の行方調査を神田川調査事務所に依頼しようかと思ったが、元調査員の勘をはたらかせて、自分で調べることにした。

美鈴がいなくなったのは、まき子が十四歳のときだったというから十一年前のことだ。住所付近には彼女がどんな人だったかを憶えている人がいるだろう。

小森は、宇都宮市へ行くことを野山に断わった。

「そういう調査は、面白そうだな。現地で分かったことを知らせてくれ」

野山は執筆に追われているので、同行することはできなかった。彼はやがて、まき子の歩んできた軌跡を書くつもりでいるのだろう。彼女からきいたことと、小森が調べてつかんだことを下地にして書きたいのだ。


宇都宮市は栃木県の中部にあって県庁所在地であり、人口は五十二万。近年は餃子《ギョーザ》の町として知られ、宇都宮駅西口には餃子像が建っている。

田端まき子が住んでいた家はすぐに分かった。彼女の父親と弟は現在もその家に暮らしている。母の美鈴がいなくなってから、稲穂という男の子を連れて同居することになった桃代は、事実上兼吉の妻の座におさまっていた。

小森は田端家にはあたらないことにして、近所で、美鈴が親しくしていた家はどこかを聞き込みした。三軒目に訪ねた家の主婦が、道路を二本はさんだところの角の大《おお》前《まえ》という家を訪ねたらどうか、といった。

大前家の主婦は編物を何人かに教えていた。美鈴はそこへ通っていて、生徒以上の間柄になっていたようだったという。

小森は大前家を訪ねることにした。青垣に囲まれた家は付近のどの家よりも大きかった。

インターホンを鳴らすと、人の声より先に犬の声がした。小森が用件を告げると、くぐり戸を入ってくださいと女性がいった。

小太りの女性が白い縫いぐるみのような犬と一緒に玄関へ出てきた。白い羽毛をかぶった犬はビション・フリーゼというのだということを小森は最近知ったのだった。

五十代半ば見当の主婦は玄関のなかへ小森を招いた。靴箱の上には赤や黄色の造花が飾られていた。

「田端美鈴さんの消息をご存じではと思いまして……」

と、小森はあらためて主婦にきいた。

「いまごろになって。……美鈴さんがあの家を出ていったのは十年以上前ですよ」

主婦は上がり口へ膝《ひざ》をついて犬の頭を撫《な》でた。

「そのようです」

「いまごろになってなぜ、あの人の行方をおききになるんですか」

「美鈴さんには、まき子さんという娘がいます。まき子さんはいまでも、お母さんを思い出して、どこでどうしているか、会えるものなら会いたいといっています。それを私は知ったので、さがしてあげようと思いついたんです」

主婦はうなずくように首を動かしてから、小森の顔をじっと見つめた。小森のいっていることがほんとうなのか、それともどう話したものかを考えているようでもあった。

「美鈴さんは、東京へ行きました」

「東京に知り合いの人でもいたのでしょうか」

「知り合いの人がいたかどうかは知りません。彼女は自分で小さい商売をするつもりだったんです。それには東京のほうがいいと判断したんです」

主婦は、美鈴の消息に通じているらしい。

「商売というと、たとえ小さくても資金が必要だと思いますが……」

「美鈴さんの夫の田端さんには、好きな女性がいて、その女性とのあいだには子どももいるということでした。それで別れる決心をして、夫に掛けていた高額の生命保険を解約して、あずかっていた通帳の預金を全部下ろして、出ていったんです。田端さんには、お父さんから譲られた預金や、企業の株もあったようです。美鈴さんはそれらも独断で処分して、身ぐるみはがすように持っていったようです。ですので、それはかなりの金額だったと思います」

　主婦は、田端からきいたのだといった。

「奥さまは、美鈴さんの行き先をご存じなんですね」

「渋谷で店を開いたとききましたけど、わたしは行ったことがありません」

「どんな商売をはじめたのでしょうか」

「料理屋ということでした」

「料理屋。まき子さんの話では、美鈴さんは料理が得意ではなかったようですが……。それに飲食業には営業許可が必要ですので、住所を証明しなくてはなりません」

「だれかを使ったんじゃないでしょうか。それとも料理に通じた人と一緒に店をやってたのかもしれません。……美鈴さんが家を出ていったときは、四十前だったと思います。スタイルはいいし、器量よしでしたから、彼女のほうにも……」

　主婦は言葉を切るとふくみ笑いをした。

　小森は、美鈴が開いた店の所在地か彼女の住所をきいていたかを尋ねた。

「店は、渋谷駅に近い繁華な場所だということでした。店の名はたしか［なかごめ］でした。彼女が田端さんの家を出て六、七年経ったころでしたでしょうか、わたしは東京へ行く用事があったので、彼女を思い出してケータイに電話しました。ところが、電話番号は使われていないということでした。その後、彼女からは連絡もありません」

渋谷の店の電話番号は知らなかったという。

「美鈴さんがいなくなってから、兼吉さんかまき子さんが、美鈴さんの消息を知らないかといって訪ねてきたでしょうね」

「兼吉さんがきました。そのとき、美鈴さんがお金を持っていったことをきいたんです。兼吉さんはまき子さんに、美鈴さんの行き先をさがすなとでもいったんじゃないでしょうか。美鈴さんのほうもさがされたくなかったでしょうね」

美鈴はほかの家とも親しくしていたかと小森はきいたが、主婦は知らなかったと答えた。

5

小森は渋谷駅を出ると、スクランブル交叉点を群集とともに渡った。田端美鈴は渋谷駅近くの繁華な場所で、店をやっていると大前家の主婦に伝えたことがあったという。その店は小料理屋らしい。

小森は、東急百貨店に突きあたる文化村通りと道玄坂《どうげんざか》小路一帯をさぐってみることにした。そこは緩い坂道で、両側に小さな店がぎっしりと並んでいる。終戦直後は恋文横丁とも呼ばれていて、手紙の代筆をする人が幾人もいたという。

宇都宮の大前家の主婦の記憶では、田端美鈴がやっていた料理屋の名は「なかごめ」だったらしい。中込は彼女の旧姓だ。

小森は宇都宮で、美鈴の生家を訪ねていた。両親はすでにいなかったが彼女の姉が家を継いでいた。その姉に会ったところ、「美鈴には十年以上会っていません。田端の家を出てからは連絡がないのです。どこでどんな暮らしをしているのか、たまに思い出すことがありますけど、連絡の手段がないのです」といわれた。

美鈴の所在をさがす手がかりは、「なかごめ」という店の名称だけだった。小森は小料理屋や食堂の暖簾《のれん》を分けて、「なかごめという店はどこでしょうか」ときいて歩いた。どの店でも、「この辺にはないよ」といわれた。

保健所で飲食店の一覧表を見せてもらった。

「なかごめ」という店は松濤《しょうとう》にあった。責任者は「上田秀良《うえだひでよし》」となっていた。

小森は、松濤の「なかごめ」を見に行った。Ｂｕｎｋａｍｕｒａの裏手にあたる住宅街の角に、建仁寺《けんにんじ》垣に似た割り竹で囲った小粋な造りの二階屋があった。住宅に見

えなくもないが、濃茶の引き戸の上に［なかごめ］という控えめの表札が架かってい
た。手を掛けると引き戸は音もなく開いた。

戸が開くと呼び鈴でも鳴るのか奥のほうで、「ただいま」という女性の声がした。

小さな足音とともに格子縞《こうしじま》の着物の女性が出てきた。色白の少女のような人である。

小柄な彼女は両手で前を隠すようにしておじぎをした。

「こちらは、田端美鈴さんのお店ではないでしょうか」

「ママは、目黒の店におります」

「目黒の店……」

「はい、目黒に［美寿津《みすづ》］という店があります」

そこは目黒区東山《ひがしやま》だといった。［美寿津］はどういう店かときくと、

「料亭でございます」

といった。この［なかごめ］も料亭なのではないかと小森は気付いた。

彼は［美寿津］の所在地と電話番号をきいて、野山邸へ帰った。

小森は、宇都宮と渋谷で二日にわたって調べたことを野山に報告した。

「面白い。じつに面白い」

人をほめない野山が歯を見せて笑った。目黒区東山の［美寿津］の家構えを見たかときいたので、まだ行っていないと首を振った。

「行ってみよう。今夜、行こう」

野山はじっとしていられなくなったようだ。

料亭だときいたので小森は予約の電話を入れた。名をきかれたので野山遊介だと答えた。

「野山さまとおっしゃると、小説家の野山さまでいらっしゃいますか」

低い声の女性がきいた。そうだと答え、二人で行くといった。女性は丁寧な言葉を遣った。美鈴だったかもしれない。

「きょうは小森と、下見のつもりで行くが、次はまき子を連れてってやろうか。料亭の女将《おかみ》が、実の母親だと分かるだろうか。分かったとしたら、腰を抜かすだろうな。びっくりして舌を嚙み切るかも」

「どちらがですか」

「二人ともだ」

野山は高い声で笑った。

野山と小森はタクシーで、目黒区東山の［美寿津］に着いた。枯れ木と細い竹を組み合わせた塀があり、石を敷いて水が流れるように見せる枯れ滝の横を通って格子戸を開けた。紺の前掛けの端をつかんだ老女に出迎えられた。

座敷は広くて、丈の高い屏風《びょうぶ》には梅の花が描かれていた。

野山は部屋を見まわしたが、天井を見て首を動かさなくなった。檜《ひのき》の天井には大小の赤い節がいくつもあった。わざと節板を選んで張った天井だった。

裾《すそ》に白梅をあしらった着物の女性が酒を持って入ってくると、はるかだと名乗った。三十代半ば見当だ。丁寧にあいさつすると酒を注いだ。芸妓だろうと思ったが黙って酒を受けた。

「私は初めてきたんだが、この店は古いんですか」

野山がきいた。

「十年以上だと思います」

はるかは、やや曖昧《あいまい》な答えかたをした。

数の子のべっこう漬けとイカの養老巻きが運ばれてくると、

「酒がすすみそうだな」

野山は箸をつけ、「旨いな」とつぶやいた。

次に出てきたふぐの身と皮の煮こごりは絶品だった。

「あんたは、ここの女将《おかみ》さんじゃないよね」

野山がはるかにきいた。

「女将さんは間もなく参ります」

小森が小鉢の勝栗を箸ではさんだところへ、

「お邪魔いたします」

といって、女将が入ってきた。はるかは畳に手をついて部屋を出て行った。女将は、薄紫の地に花札を散らした着物に金糸の入った茶の帯を締めていた。古風な装いである。彼女はわりに背が高くて細身だった。

「女将さんか。お名前は……」

野山のききかたは、いくぶん無遠慮にきこえた。

「みすずと申します」

「いい名前だ。どういう字を書くの」

「美しいに振る鈴でございます」

彼女は微笑して手を振った。

小森は女将の手を見ていた。血管の浮いた甲に五十歳の小皺《こじわ》が浮いていていた。

「野山先生は、恐いお話を書いていらっしゃいますね」

「恐いですか。私はそれほどアクの強い話は書いていないつもりだが」

「たいていの人は、お医者さんの診断を信じて、処方された薬を服《の》んでいますね。服めば効くと思うので、副作用のことなんか考えていません。正しくない服みかたをしている人なんて、大勢いそうな気がします。わたしは眼科で診てもらったあと、恐い思いをしたことがありました」

女将は膝を近づけるように腰を動かした。

「眼科で、どんな……」

野山は箸を置いた。

「何日か、細かい文字が見えにくかったものですから、眼科医院にかかりました。先生は電灯を暗くして診てくれて、横に立っていた看護師さんが黙って点眼薬をさしてくれました。その医院を出たとたんに、まぶしくて、目の前が真っ白になったんです。走ってきた車が急ブレーキをかけてとまり、運転していた人に怒鳴られました。わたしは道路の端にしばらくしゃがみ込んでいました。少し物が見えるようになったところで眼科医院にもどって、まぶしくて目を開けていられなかったのは、さしてくれた薬のせいではといいました。すると看護師さんは、『二時間ぐらいは物が見えにくい』と、けろっとした顔をしていったんです。そういうことを注意してくれなかったじゃないって、わたしが文句をいうと、『知ってると思った』といい返されました。……野山先生の小説を読んで、そのときのことを思い出しました。あのとき、車がとまってくれなかったらと思うと、ぞっとします」

女将は薄い胸に手をやった。

「女将さんは、栃木のほうの出身じゃないですか」

野山は、女将の表情の変化を観察するような目をした。

「えっ、いえ。わたしは埼玉ですけど」

女将はうろたえていた。

「そう。私は宇都宮生まれの人を知ってるけど、女将さんの言葉が、その人とよく似ているのでね」

野山は顔を料理のほうへもどした。

女将は、野山と小森を見比べるような表情をしてから、つくり笑いを浮かべて二人に酒を注いだ。

「先生はどういうところで、お飲みになるんですか」

女将は話題を変えた。

「最近は、ときどき六本木へ行っています」

「高級クラブで召し上がっていらっしゃるんでしょうね」

「私は、クラブと名の付く店が好きでない」

「どうしてでしょう」

「女のコが大勢いて、十分か十五分もすると女のコはべつの席へ移る。話が盛り上がらない」

「では、バーかスナックのようなところで……」

「そうだが、客が次つぎに歌う店は嫌いだ」

「では、最近いらっしゃる六本木のお店は、静かなんですね」

「そうだ。今度はここへ、六本木の店のコを連れてきてあげよう。そのコはたぶん、こういうところで食事したことはないと思う。……ここは日曜もやっていますか」

「はい。年末からお正月への五日間と、お盆の二日間以外はやっております」

野山は、気の利いた造りの店だが、女将の好みで建てたのかときいた。

「ここは、ある企業の役員をなさっていた方が、会社を引退されたあとお住まいにされていた家だったそうです。空き家になっていたのを六年前に、わたしが買い取ることになって、改築いたしました。庭は以前のままなんです。……渋谷にも店がありますので、週に一日は渋谷のほうへ行っております」

渋谷の店というのは、松濤の［なかごめ］のことにちがいなかったが、野山はそれを口には出さなかった。

今夜の野山は酔い潰《つぶ》れるほど飲まなかった。帰りのタクシーのなかで、

「面白いことが起きる。近日中に面白い場面を見ることができる」

といって、上機嫌だった。

面白い場面というのは、母娘の再会のことだ。六本木のウインビーというスナックに勤めている田端まき子を、料亭の美寿津へ連れて行く。料亭の女将には、客として行くまき子のことは話しておかないし、まき子にも女将の正体を明かしておかないことにすると、まるで劇作家のように話した。

小森も母娘が再会する場面を見るのは初めてだし、二人がなにをいい合うか、泣くか吠えるかに興味があった。


その日がやってきた。三月の第二週の日曜日の夕方、野山と小森は、渋谷駅近くのカフェでまき子を待っていた。

野山は何日か前にウインビーへ飲みに行き、粋な料理屋でゆっくり食事をしようとまき子を誘った。「粋な料理屋って、どんなところなんですか」

彼女は警戒するような顔をしてきいたという。野山は、日本酒かワインを飲みながらの和食だと話すと、彼女は、「本格的なコース料理なんて食べたことがない」といってよろこんだという。

まき子は約束の時間を四、五分遅れて到着した。小森は、「しばらくです」と頭を下げた。彼女は、ベージュのコートのなかは紺の地に細かい蝶《ちょう》が散っているワンピースだった。

「わたし、服をそんなに持っていないんです。こんな服装でいいですか」

と、野山にきいたところ、

「上等、上等。ちょっと地味だけど、よく似合っている」

地味といわれたからか、彼女は自分の服を見直すようなしぐさをした。身長は百六十五センチぐらいだが、靴のせいか、背が高く見えた。

美寿津へはタクシーで向かった。

門をくぐって枯れ滝を見るとまき子は、「すてき」と小さい声を出した。

きょうも小柄な老女に迎えられ、座敷へ案内された。まき子は、梅の花を描いた屏風や檜の赤い節を並べた天井を珍しげに見まわした。

「先生。このお店の名、美寿津なんですね」

まき子は、入口で見た表札を思い出したようだった。

野山はうなずいただけで、タバコに火をつけた。

酒を運んできたはるかのきょうの着物は派手だった。水色の地に赤と白の花が咲いていて、その花園から飛び立つように白い鳥が描かれていた。

はるかは三人の盃に酒を注いだ。野山はまき子の気を逸らすようにはるかの着物をほめ、立って見せてくれといった。彼女は笑いながら立ち上がると、袖を振って科《しな》をつくった。

きょうの先付けは、針長芋と生うにだった。こんぶの吹き寄せとぎんなんが赤い皿に盛られて出たところへ、

「ごめんください」

という声がして、大ぶりのバラの花をあしらった着物の女将が入ってきた。入ったところで、「いらっしゃいませ」と手をついた。眉を長く描いて化粧は濃い。顔を上げて立ち上がりかけた女将の目とまき子の目が絡み合った。

まき子は箸を置くと、女将の顔をじっとにらんだ。上半身が少し前へ折れた。

「お母さん……」

まき子はささやくような声を出した。

女将もまき子を見ていたが、崩れるように畳に両手をついた。

「お母さんなのね」

まき子はいった。声は震えていた。

小森は、野山の顔を凝視した。

まき子は畳の上を這った。野山は彼女の顔を目で追った。

まき子は俯《うつむ》いている女将の顔を見るように四つん這いになった。

女将は口のなかでなにかいった。なにをいったか小森にはきき取れなかった。両手で顔をおおってまき子に謝っているように見えた。

まき子は急にからだの向きを変えた。野山の膝へ飛び込むように抱きつき、「先生」と叫ぶようにいうと泣きはじめた。気を取り直してか女将のほうへ向き直って泣き、音のするような涙を畳に落とした。なぜ泣くのか。会えてうれしいからか。実の母のいない歳月が長くて、辛かったからか。

第七章　半生の記

1

野山遊介は五十五歳になった。彼の誕生日を八重は憶えていて、誕生日祝いをしなくてはといった。

「そんなことをしてくれなくていい。歳を取っていくことをよろこんでいるみたいじゃないか」

良子は野山に白い目を向けると、キッチンテーブルに肘《ひじ》をついて、

「八重さん、今夜はお赤飯を炊いて」

といった。

「お赤飯はいいですね。わたしの子どものころ、誕生日には母が、お赤飯を炊いてく

れました。兄や弟の誕生日もお赤飯でした。弟は、豆のご飯といって、よろこんでいました」

八重は、男鹿の実家を思い出してか、洗い物の手を休めて窓を向いていた。

小森はいつものように午前十一時に出勤すると、野山のデスクを見ることにしている。パソコンに打ち込む原稿があるかを確認するのだった。そのさい灰皿を洗って、元の位置に返すことにしているが、きょうは灰皿に吸い殻が入っていなかった。珍しいというよりも、かつてなかったことだったので、キッチンにいる八重に、灰皿を洗ったのかときいた。彼女は、洗っていないと答えた。いつもの野山は、執筆についやす七、八時間のあいだにタバコを八十本ぐらい吸っている。それなのにきょうは灰皿が空だった。

小森が八重と話しているところへ、野山がのそりと入ってきた。髪が逆立って乱れている。まだ顔を洗っていないらしく落ちるように椅子《いす》に腰掛けた。

小森は体調をきいた。

「からだがだるいんだ。ゆうべはよく眠れなかった」

そういった野山の声には、力が入っていなかった。

八重が体温計を差し出すと、野山は腋《わき》にはさんだ。三十六度八分。平熱は三十六度だという。血圧を測った。一三三だ。すこし高めだが異常ではない。

「ゆうべはタバコをお吸いにならなかったんですね」

小森がいうと、吸いたくなかったといった。

良子は庭へ出ていったらしいが、すぐに勝手口から入ってきて手を洗った。ゆうべ野山はタバコを吸わなかったことを小森が話すと、

「このさい、やめたらどうですか」

と、タオルを使いながらいった。

正午になった。お茶を飲んでNHKのニュースを観ていた野山は、

「だるい。寝る」

といって二階へ上がっていった。小森はその後ろ姿を見ていたが、少し痩《や》せたな、と感じた。眠ったのか横になっていただけなのか、一時間ほどして起きてきたが、なにも食べたくないといった。八重は野菜とフルーツをまぜたジュースをつくった。野山はそれを、「旨い」といって飲み干した。

野山の体調が気になったので、小森は午後六時に帰らなかった。夕食の席に光洋と忠太が並んだ。良子は二人の息子の正面にすわった。野山が入ってきて、良子の隣へ椅子の音をさせて腰掛けた。小森は忠太の横で野山を観察した。

野山はいつもと同じで、黄色のタクアンを一切れ食べ、じゃが芋の味噌汁を吸った。と、野山は胸を押さえて立ち上がり、洗面所へ駆けていった。全員が一瞬、顔を見合わせた。

一月に風邪をひいたさい診てもらったという近くの内科医院へ、良子が電話した。医師がいて、すぐに来院するようにといわれたので身支度をした。小森が車で送ることにした。野山の横へ良子が乗った。

内科医院の六十歳ぐらいの医師は野山に症状をきくと、聴診器で胸と腹と背中を慎重に診察した。

「設備のととのった病院で診てもらってください。いままでにかかったことがある病院はありますか」

「私はありません」

野山はちらっと良子を見て答えた。

「年に一回ぐらい、健康診断を受けていますか」

「受けていません」

医師は、大学病院を紹介するがどうかときいた。野山は医師の顔を見直して、ぜひ紹介して欲しいと答えた。

医師は椅子を回転させると、紹介状を書き、封筒に入れた。表に大学病院の名と医師の名が書かれていて、早く診てもらうようにといった。

小森は野山の秘書として勤めて五年になるが、野山が内科医院へいったのは風邪をひいたときと、花粉症でくしゃみがとまらないときだけだった。それで元々丈夫なのだろうと小森は見ていた。

紹介された病院は御茶ノ水駅の近くだった。野山は、「そこは遠いな」と帰りの車のなかでいったが、あした診察を受けに行くといった。タバコを日に八十本以上も吸っていた人が、吸いたくないといって口にしなかった。夕食をはじめたところで、嘔《おう》吐《と》した。重い病気の前兆ではないかと小森は疑った。

「ご飯を召し上がっていませんが……」

帰宅すると八重がいった。

「食いたくない」

八重はハチミツを加えたジュースをつくった。野山はなにもいわずにそれを飲み干した。

光洋と忠太は、立ったまま野山を見つめた。元気のない父親を見るのは初めてだといっているようだ。

翌朝、小森は九時に出勤した。

野山はご飯もパンも食べたくないといって、冷たい水だけを飲んでいた。その顔には血色がなく、一晩で何キロか体重が減ったように見えた。

野山は、茶色地に黒の格子縞のジャケットに袖をとおしたが、からだがだるいのか落ちるように腰掛けた。八重が、牛乳を飲むかときいたが、彼は首を横に振った。だが、ジャケットの内ポケットからノートを取り出し、ボールペンでなにかを書きはじめた。ペンを持った手が小刻みに震えていたが、思い付いたことを書いておかないと、といっているようにペンを走らせていた。

大学病院へは小森が車を運転し、良子が野山に付き添って行った。後部座席の野山はずっと目を閉じていた。

良子も病人である。毎月、渋谷の病院へ通っている。ルームミラーに映っている彼女の顔は蒼《あお》くて、小森は彼女の容態を気にしながらハンドルをにぎっていた。

大学病院一階の受付に紹介状を出して二十分ほどすると、白衣姿の女性が、「ご案内します」といってエスカレータへ誘導した。案内されたドアには［臨時診察室］という札が出ていた。

金沢《かなざわ》という医師は六十歳見当でメガネを掛けていた。野山の口から容態をきくと、

「胃カメラで検査を受けたことがありますか」

といった。五、六年前に一度だけ内視鏡検査を受けたことがある、と野山は答えた。

金沢医師はうなずくと、院内電話を掛けた。すぐに内視鏡検査部へ行ってといわれ、検査を受けた。その画像は金沢医師の診察室へ送られた。

野山は良子と一緒に金沢医師から検査結果をきくことになった。

「悪性腫瘍《あくせいしゅよう》が、胃の上部と中心部にできています」

医師はペンで画面を指した。

「悪性腫瘍。それ、ガンではありませんか」

「そうです。手術が必要ですが、手術方法はこれから検討します。最悪の場合は、胃の中心部の下から上部、つまり胃の約三分の二を切除することになります」

「胃の三分の二を切って捨てる。残った三分の一の胃で、生きていけますか」

「それは大丈夫です。胃を全部切り取ってしまっても、生命に別条はありません。食が細くなりますので、少量ずつを何回かに分けて食べるようにすることです」

金沢医師は、手術方法を検討して手術の日を連絡するが、なるべく早いほうがいい

といった。

野山は職業を話し、毎日、原稿用紙に十枚から十五枚書かないと間に合わないのが現実だと説明した。それから、何日間ぐらい入院するのかを尋ねた。

手術後経過が順調に回復すれば、十日で退院が可能だといわれた。セカンドオピニオンを受ける場合はそれを連絡してもらいたい、と医師は付け加えた。

これらのことを小森は、野山と良子からきいた。

帰宅すると野山は、小説を連載している新聞と雑誌の担当者に、手術を受けるために入院することになったのを連絡した。するとどの担当者も、どこが悪いのかをきく前に、「ストックを書いておいてください。十日ほどお休みになれば、元気になられるでしょう。お大事に」と、激励するようなことをいった。

野山の起床は午前十一時だったが、毎日午前十時に起き、新聞に目をとおしながら朝食を摂り、午後一時ごろから仕事に取りかかった。四、五日仕事をつづけると飲みに出掛けるのが習慣になっていたが、それを忘れたように執筆に没頭していた。

胃の手術を受ける日が四月一日に決まった。術前検査が必要なので前日の三月三十一日に入院してという連絡が病院からあった。

「いよいよだ。遺言状を書いておいたほうがいいだろうな」

野山は真面目な顔をして小森にいった。

「悪いところを切って捨てるだけじゃないですか」

小森は遺言状など大袈裟《おおげさ》な、とはいわなかった。

「だけ、とはなんだ。下手くそな医者の手にかかって、大事な臓器を傷つけ、そこからの出血で……。そう考えると身震いする。腹を開くんじゃなくて、腹腔鏡《ふくくうきょう》でやるんだ。熟練した医者がやるんだろうな」

野山はそういうと、ほんとうに肩を縮めて身震いした。

彼は遺書のつもりではないだろうが、思い付くとノートを取り出してこれまでの軌跡を書いていた。散歩中も立ちどまって書くということだった。原稿用紙に書く小説は、小森がパソコンに打って、それを新聞社や出版社に送信しているのだから、なにをどう書いたかがすべて分かっている。だが、ノートに書いている自伝は読んだことがない。作家になるまでから今日までのことを書き終えたところで、それを原稿用紙に書き直すのか、それともノートを小森に渡すのか。

夕方から降りはじめた雨が、夜八時ごろから激しくなった。風の音もきこえるようになった十時すぎ、自宅にいる小森に野山が電話をよこした。執筆中、ペンがとまると深夜でも電話をよこすので、小森は慣れていた。

「夕方から足が痛くなったんだが、その痛さがひどくなった」

「足のどこが痛むんですか」

「左足の外側。皮をはがされるような痛さがつづいているんだ」

「疲れじゃないでしょうか。このところ休みなくお書きになっているので」

「痛い。痛いんだ。いままでにない痛さだ」

以前、からだじゅうが痒《かゆ》くて仕事ができないことがあって、皮膚科のクリニックへ駆け込んだことがあった。今度は足の痛さに耐えられなくなり、小森に助けを求めている。彼は良子か八重に、足が痛いのを伝えたろうか。皮膚をはがされるような痛さというのが小森には気になった。彼が駆けつけたところで治るものではなかろうが、小森は寝ることができなくなった。タクシーをつかまえた。激しい雨は斜めに光った条《すじ》を引いていた。その降りかたは異常で、これ以上激しくなると前が見えなくなりそうだ。運転手に声を掛けたが返事をしなかった。

仕事が手につかなくなった野山は、応接間のソファで左足をさすっていた。

「冷やしたり、温めてみたけど、効き目がないの」

良子が眉間《みけん》に皺《しわ》を寄せていった。八重は心配顔をして立っていた。

小森が、野山が手術を受けることになっている実教《じっきょう》医科大学付属病院へ電話すると、緊急部署につながり、若そうな男性医師が応答した。医師がどんな痛みかときいたので野山に受話器を渡した。

「痛い、足が痛いんだ」

と訴えた。

医師はまた、どんな痛みかときいた。

「ガラス片の入ったバケツに、足を突っ込んだみたいだ」

野山は苦痛に顔をゆがめた。

「分かりました。救急車を呼んで、すぐにおいでください」

八重が野山にコートを着せた。良子は組み合わせた手を口にあてて震えていた。八重が野山を車の後部座席へ押し込むと、彼に重なるように乗った。ハンドルをにぎった小森は、額に汗を感じた。

2

真夜中の病院は静まり返っている。小森は野山に肩を貸して緊急受付へ急いだ。待機していたのは皮膚科の医師。なぜ皮膚科なのか、と小森は首をかしげた。

「帯状疱疹《たいじょうほうしん》です」

メガネを掛けた男性医師がいった。患者を診る前から病名が分かっていたらしい。

野山が処置室へ入って一時間あまりが経った。医師が廊下の長椅子にいた小森と八重の前へきて、患者は眠っているといった。

「野山さんは当院で、胃の手術を受けることになっていますね」

「はい」

小森が椅子を立った。

「野山さんには入院していただいて、一週間、朝と夕方、点滴を打ちます。つまり点滴を十四本打つということです。そのあとも痛みは残っていると思いますので、日に一回、麻酔科で鎮痛剤の注射をします。足の痛みが治まったところで、胃の手術を受けることになると思いますが、それについては、食道胃外科のほうから説明があるでしょう。あした、あ、もうきょうでしたね。入院の受付で病室を決めてください」

小森は、なぜ急に痛みが出たのかをきいた。

「疲労が原因の場合があります。患者さんはなにをなさっている方ですか」

「小説家です。毎日、休まず小説を書きつづけています」

医師は頭を下げて去っていった。

小森と八重は、ガラスで囲まれた部屋の椅子で仮眠をとることにした。

救急車が近づいてくる音をきいたが、小森の意識は溶けてしまった。


人の気配で目を開けた。八重も目をこすっている。

「なにか飲もうか」

小森はガラス越しに自販機を見つけた。

二人は熱いお茶を飲んだ。

「腹がへったな」

「わたしも」

八重はコンビニをさがしに行ってこようかといった。

「いや。ぼくがいってくる」

小森は病院の裏手でコンビニを見つけた。雨は上がっていた。白い雲が流れているのが見えた。きょうはどうやら晴天になりそうだ。彼は、パンと牛乳を買って病院の一階へもどった。

廊下にはあかあかと灯りが点いていた。病院は活動をはじめたように見えた。ガラスの向こうを足早に通る人の数が増えた。

八重が良子に電話した。野山の病状や病名を話して、入院する病室をどうするかをきいた。

すると良子は、空いている個室があったら、そこを頼むといった。

「ここに着いてから先生には会っていませんが、眠っていらっしゃると思います。かならず治る病気ですので、心配はいりません」

けさは、光洋が病院へ行くといっている、と良子は力のない声でいった。

午前九時すぎに光洋が旅行鞄《かばん》を提げて病院へやってきた。当面必要な物を良子が持たせたようだった。

八重は、野山の病室を決めて入院手続きをすませた。

十六階の特別室に移された野山は眠っていた。クスリが効いているらしかった。その顔を光洋はじっと見て、

「少し痩せたな」

といった。彼は出勤する、といって病室を出ていった。が、すぐにもどってきて、小森と八重に向かって、「よろしくお願いします」と頭を下げた。

午前十一時すぎに良子が病院に着いた。彼女も大きい鞄を持ってきて、着替えなど

を取り出した。

「二人とも食事をしていないでしょ」

良子は弁当箱を開いた。焼きおにぎりが五個入っていた。

小森と八重は、白河夜船《しらかわよふね》の野山をちらちら見ながら、香ばしいおにぎりを食べた。

「よくなるかしら」

良子は、口を動かしている八重に心細げにいった。

「大丈夫ですよ。先生は何日も根《こん》をつめて仕事をなさったので、お疲れになったんです」

「胃の手術を受けるのよ」

「病んでるところを取ってしまえば、元どおりのおからだになるんです。十日や二十日はすぐです。奥さまのほうが、気をつけないと」

「小森さんと八重さんがよくしてくれるので、助かります」

良子は野山の顔を見ながらいった。

野山は午後一時に目を覚ました。ここはどこだ、というふうに首をまわした。

小森が看護師を呼んだ。看護師は体温と血圧を測った。四十代半ばに見える医師がやってきて、

「足は痛んでいますか」

ときいた。

「ゆうべほどじゃないが、痛んでいる」

「少しずつ軽くなってきます。お腹はすいていますか」

野山は医師を恨むような目をして、首を横に振った。

良子と八重は、あしたまたくるからといって帰った。

小森には仕事があるので帰ろうとしたら、野山は心細げに、もう少しここにいてくれといった。

小森は椅子をベッドに近づけた。

「帯状疱疹という病名は知っていたけど、こんなに痛い病気とは知らなかった。あんたは、知っていたか」

「知っていました。知人の娘が結婚式の日、胸に水疱が帯状に出たということでした。でもその人はにぶい痛みを感じただけだったそうです。水疱を見て、びっくりして病院へいったといっていました。顔面に出ることもあるそうです」

野山は夕飯をきれいに食べた。病院の食事はまずいときいていたが、意外だといった。

午後七時。テレビニュースを観ているうちに野山は目を瞑《つむ》った。眠り込んだようだったので、小森はそっと病室を抜け出した。

小森は毎日、野山を見舞いに行き、二、三時間、話し合いをした。退屈か、ときくと、

「そうでもない」

といった。病院では杖《つえ》を貸してくれたので、それを持ってナースステーションを一周したり、階段を昇り下りしているという。

野山の枕元には、いつもポケットに入れていたノートが置かれていた。思い付くとそれにボールペンで書いている。二百ページぐらいのノートだが、八割がた文字で埋まっていることがはさんである栞《しおり》の位置で分かった。

入院して六日になった。食道胃外科の医師が病室を訪れた。

「順調に回復されているようですね」

皮膚科の担当医師から症状をきいてきたようだ。

「三日後に、検査をします。お腹の手術をするための準備です。特に異常がなければ、

その次の日に手術をしますが……」

医師は野山の心の準備をきくようないいかたをした。

野山は、分かったというふうにうなずいた。なにか質問をするのではないかと小森はみていたが、なにもいわなかった。

この日は、出版社のA社とB社の担当編集者が見舞いにきた。花と果物を置いて十五分ほど会話して帰った。野山は、帯状疱疹だとは話したが、この病院で胃ガンの手術を受けることは打ち明けなかった。

編集者が帰ると、野山は三十分ばかり目を瞑っていたが、なにかを思い付いたように起き上がると、枕元のノートを手にした。

「あんたは知ってたと思うが、これは私の半生の記だ。中学を出て、上村の製材所に勤めたが、そこが嫌になって、岡谷へ行った。一人息子が遠くはなれていくので、上村にいるおふくろは寂しい思いをしたと思う。……岡谷では建設機械の部品をつくる工場に勤めたが、そこで木寺という男と知り合い、木寺の影響で小説を読むようになった。……そういうことを詳しく書いたんだ。作家になってからのことも書いたが、五十半ばになって疲れが出たのか、病気になった、とも書いた。……私は五十代で人生を閉じたくはないので、これからも小説家でいる。これからは、これまでに出会った面白い人、ためになる話をしてくれた人、奇妙な行動をする人なんかを、つづけて書くつもりだ。原稿用紙とちがって、読みづらい部分があると思うが、判断して打ってくれ」

小森は、両手でノートを受け取った。開いて見た。細いペンの細かい字がびっしりと詰まっていた。


野山が胃ガンの手術を受ける前日、戸音が八重に連れられて病院へやってきた。

野山はCTの検査を受けて病室にもどると、そこに戸音がいたので驚いたようだった。

「おう、おかあま、達者《まめ》か」

彼は母の肩を叩いた。

「腰や足が痛い日があるけど、寝込むほどじゃない。……わたしより、あんたのことが心配で、じっとしておれんので」

「大丈夫だ。あした、悪いところを取ってもらう。そうすりゃ、元のからだになる。まだまだ仕事をせにゃならん。……おかあまは、来月八十になるんだら」

「よう、わたしの歳を憶えとったな」

「それゃ、一人きりの親のことだで。……おかあまは、電車できたの」

「もう電車でなんかはこれん。上条小夏《かみじょうこなつ》さの車に乗ってきただに」

「そりゃ、だれのことだ」

「飯田から週に一度、機織りを習いにきとる娘な」

上条小夏という女性は、戸音を久我山の野山家に送り届けると、渋谷に知り合いがいるといって、その人に会いに行ったという。

「上条さんは、帰りも送ってくれるのか」

「わたしは、あんたの手術が終わって、しっかり立って歩けるようになるまで、久我山の家にお世話になるつもり」

「そうか。そうしてくれ。悪いところを取るだけだ。じきによくなる」

野山は自分にいいきかせていた。

八重は、母子の会話を微笑《ほほえ》んできいていた。

3

小森は野山から、長野県の寒村の中学を卒業してから、いくつか勤務先を変えたあと、知人を頼って東京へ出てきたことをきいていた。話できくのと手記を文章で読むのとでは当然だがちがっていた。

文章には感情がこもっていて深みが感じられた。最終的には小説家になる人だったから、漠然とはしていたが、日々がもの足りなくて、なにかをつかもうと模索しつづけていたにちがいなかった。

野山は、岡谷の勤め先で知り合った木寺という人の影響を受けたと書いている。木寺という人は小説を読んでいた。彼が読んでいた本を野山は借りて読むうち、小説が面白くなり、やがて自分で小説を書くようになった。

木寺という人は東京で交通事故で亡くなるのだが、野山は、彼と出会わなかったら小説を書かなかったのではないか。その場面まで、小森はパソコンで清書した。木寺に関する野山の思い出は尽きなかったようで、彼から借りて読んだ小説の題名も書いてあった。

野山の腹腔鏡による手術は予定どおり朝から行われ無事に終わった。全身麻酔のため、眠ったまま手術室から処置室へ移された。目を閉じている蒼い顔を、光洋、忠太、八重、小森の四人が見つめた。良子と戸音は自宅で、手術が無事終わるのを手を合わせて祈っていただろうと、八重がいった。彼女は良子に電話して、野山が眠っていることを伝えた。

野山は午後四時に目を覚ました。何度もまばたきをすると固く目を瞑って顔をゆがめた。

「先生」

八重が野山の顔の上で呼んだ。

「痛い。痛いんだ」

それが野山の最初の言葉で、彼は八重を恨むような目をした。

「足が痛いの」

忠太がきいた。

「腹だ。腹が、痛い」

腹部の五か所に穴を開けたはずだ。そのうちの一か所は、切り取った部分を取り出すための穴だったのだろう、皮膚に穴を開け、内臓の一部を切除した。なのでその傷口が痛んでいるにちがいなかった。

八重が看護師を呼んだ。手術に立ち会った医師と看護師がやってきた。鎮痛剤を点滴液へ注入した。痛みはしばらくつづく、と医師はやや冷たい声でいって、ベッドをはなれていった。

野山は三日間、処置室にいて病室へ移された。日に二回、看護師が付き添って、ナースステーションの周囲を二周するのだという。

「食事はどうですか」

小森がきいた。

「旨くないし、ちょっとしか食べられない」

腹部の痛みは少しずつやわらいでいるという。

「足の痛みは、どうですか」

「まだ痛んでいる。これだけ痛みをこらえていると、ものを考えることもできない」

野山は枕元に置いてある新しいノートをにらんだ。半生の記を書きつづけたいがペンを持つことができないらしい。

手術後十日が経過した。日に三回、ナースステーションを三周しているという。次の日から麻酔科で鎮痛剤の注射をしてもらうことになった。帯状疱疹による痛みを緩和させるためだった。皮膚科の担当医師は、退院後はペインクリニックに通うといいと助言した。

小森は野山のノートを五、六ページずつ読み、パソコンで清書している。

二年ぶりに上村へ行った場面が描かれていた。小粒のじゃが芋を上村では「二度《にど》芋《いも》」と呼んでいる。皮のまま醬油で煮る。それをいくつも食べたことと、放し飼いのにわとりが産んだ卵の黄身の、色と味を懐かしむくだりがあった。高齢の母親の健康を案じる場面を小森は二度読み直した。息子が独り暮らしの母親の暮らしぶりに気を遣うのだが、母親のほうは、息子が書いているものが売れていることが信じられない、といいつづけていた。

上村へは小森が車を運転して行ったのだが、そこに小森は登場していなかった。

「深夜近くである。新宿のガード下からの歌声をきいて近づいた。四十代と思われる汚れた服装の男が猫のような光った目をしていた」と、ホームレスに近づき、その男がねぐらにしているという多摩川の橋へ一緒に行き、ビールを飲みながら、ホームレスになるまでの経緯をきく場面も出てきた。

その男は札幌でスナックを経営していたが、くる日もくる日も同じことの繰り返しで、その日常に飽きがきて、店を放り出して上京したと語った。「私にはそのうす汚れた服装の男の話が面白かった。語っていることがほんとうかという疑いも抱いた。つくり話かもしれなかったが、札幌のすすきのへ行って、店の経営を放棄して、行方不明になっている男がいるかを調べてみることにした」と、まるで野山本人が札幌へ行ったような書きかたがしてあった。

　ここで小森は、あらためて目を覚ましたようにノートの前のほうをめくった。野山と小森の出会いの場面がなかったことに気付いたのだ。小森は最初に野山に会ったとき、『この流行作家は、当面、書くものに困っている』と感じたのを記憶している。ペンをにぎれば、五枚や六枚はすぐにでも書けるだろうが、それはかねてから書きたいと突き上げられていた素材ではなかった。そういう一種の飢餓状態のところへ、小森が現れ、話し合って、刺激を受けたにちがいなかった。

　小森は気を取り直して、ノートのゆがんでいて読みにくい字を読み、パソコンに打ち込んだ。

　東京には夏の暑さが残っていたが、訪れた上高地では冬が足もとに近づいているのを知ったし、新穂高ロープウェイで登った西穂高口からは、槍ヶ岳までの大パノラマの眺望に圧倒された、と書いてあった。だがそこにも小森は立っていなかった。

　家事手伝いの八重については、出身地のことも書かれていた。彼女は野山家に勤めてから結婚した。だが、彼女の夫は群馬県のダム工事現場で事故に巻き込まれて死亡した。その夫は、堀ノ内斎場で荼毘《だび》に付されたのだが、秋の晴れた空に消えていく煙突からの煙の色を、「真っ直ぐに立ち昇りはじめた薄い煙はすぐに、右へ行こうか、左へなびこうかを迷っていた。それは眼下に八重がいるからにちがいなかった」と書いていた。

ホームレスの男が高山市で殺されたのを、訪れた刑事からきいた日は、高山の方を向いて合掌した。その男の無念を晴らす気持ちもあって高山へ行き、あるヒントから、鹿久保という名のホームレスを殺害した女性を突き止めた。そのときの警察官の動きが克明に描かれていた。

小森は、パソコンからはなれてノートの記述を読んだ。

全身が痒くなったので吉祥寺の皮膚科医院を受診した。処方されたクスリを服んだところ、めまいに見まわれて、道路で倒れた。なんというクスリを服用したかを小説に書いたところ、製薬会社から、薬品名を実名で書くことはないだろうと抗議された。

「危く交通事故に遭って死ぬところだった」

次に新宿・歌舞伎町のクラブで、客の男を殴って怪我を負わせたことが書かれていそうだと思っていたが、歌舞伎町のカの字も出てこなかった。

テレビドラマの制作会社のプロデューサーが訪れ、野山が書いた小説をドラマ化するという企画と、そのドラマの主役をだれにするかという話し合いの場面は詳しく書かれていて、気に入っている俳優の名を並べていた。

ノートの記述はそこまでで、新しいノートには、六本木のスナックで知り合ったまき子と実母が、野山の計らいで再会する場面が書かれるだろうと想像した。

小森は野山遊介の秘書になって六年が経とうとしていた。

野山には身勝手な面がある。彼は午後八時ごろから午前四時ごろまで執筆するのだが、真夜中の午前二時ごろに小森を電話で起こすことがたびたびある。

小森が就寝中だったことは承知しているようだが、物の名称などをきく。不明の箇所は空けておいて、翌日、確認して埋めればいいと思うが、それが嫌なのだ。

初めての午前二時の電話には小森は驚いた。たしか、何日か前に優勝した競走馬の名をきかれたのだった。その馬が優勝したことは新聞に載っていた。野山はそれを調べるのが面倒だったようだ。

午前二時ごろの電話が何日かつづくこともある。文章が途切れると、「つまった」というのが口癖だ。

小森の勤務時間は、午前十一時から午後六時までということになっているが、それは無いにひとしい。

たまに思い付いたように、小森を夕食に誘う。野山は酒好きだが、強くはない。店にいるうちに眠ってしまうことも一再ではない。

野山には、トラブルがまといついているようで、刑事の訪問を何度も受けているし、警察署で事情を聴かれたこともある。新宿のクラブで客の男を殴り倒したときは、小森がその男の自宅へ謝りに行った。

手記には妻の良子のことがところどころ触れられていた。男の子を二人産むまではめったに風邪もひかない丈夫な人だったが、四十代になって奇病にかかり、以来、病院通いがつづいているとあった。

良子は雨降りでないかぎり、日に一度は庭へ出て、植木のあいだに生える雑草をむしっている。彼女のその背中をガラス越しに眺める場面がところどころに書かれていて、「見るたびに肩は薄くなっている」と、心を痛めていた。小森は、野山が良子に優しい言葉を掛けているのを見たことがなかったが、始終、妻の健康を案じていることが読み取れた。

手記のなかに八重は何度も登場した。

「素直で、献身的で、ものごとをよく知っていて、骨惜しみしない。それに力強い。これだけ出来た女は他にはいない」と、手放しで褒めちぎり、健康のことまで心配している。

八重の献身的な働きぶりには、「感謝しても感謝しきれない。それは二人の息子も認めていて、彼女に叱られたり小言をいわれても、口答えしたことはないらしい」と書き、料理の工夫はプロ裸足《はだし》だろうとも、褒めたたえていた。

　それなのに、小森はどこにも登場していない。小森甚治という男は、この世に存在しなかったことになる。真夜中の午前二時に電話で起こし、「寝ていたのかね」とき き、「つまった」といった野山遊介に抹殺されてしまったようだ。彼の創作の手助けにとどまらず、寝食を忘れて働いたつもりだった。

　小森は野山の汗のしみたノートを、デスクに叩きつけた。床に捨てて、踏み潰してやろうかと、顔が熱をもった。が、もしかしたら、「野山遊介にとっておれは、無能だったのではないか。役に立っていたと思うのは、錯覚ではないのか」と思い直して、窓辺に立った。

　野山がいる病院へ向かう良子が、八重が運転する車に乗ろうとしているところだった。

この作品は2019年10月徳間書店より刊行されました。
なお、本作品はフィクションであり実在の個人・団体などとは一切関係がありません。

本書のコピー、スキャン、デジタル化等の無断複製は著作権法上での例外を除き禁じられています。本書を代行業者等の第三者に依頼してスキャンやデジタル化することは、たとえ個人や家庭内での利用であっても著作権法上一切認められておりません。

徳間文庫

黒白《こくびゃく》の起点《きてん》

飛騨高山殺意の交差

© Rintarô Azusa　2021

2021年2月15日　初刷

著者　梓《あずさ》林《りん》太《た》郎《ろう》
発行者　小宮英行
発行所　株式会社徳間書店
東京都品川区上大崎三－一－一　〒141－8202
目黒セントラルスクエア
電話　編集〇三（五四〇三）四三四九
販売〇四九（二九三）五五二一
振替　〇〇一四〇－〇－四四三九二
印刷
製本　大日本印刷株式会社

ISBN978-4-19-894622-7
（乱丁、落丁本はお取りかえいたします）

徳間文庫の好評既刊

梓 林太郎

人情刑事・道原伝吉

松本—鹿児島殺人連鎖

松本市の繁華街で、地元の不動産会社社長が刺殺された。いつも持ち歩いていた数百万円の現金が見当たらないことから物盗りの犯行と思われた。十日後、やはり松本市内で、ホステスの刺殺体が発見される。捜査の結果、被害者の二人のみならず、事情を聴いた参考人までも鹿児島出身であることが判明。松本署の刑事・道《みち》原《はら》伝《でん》吉《きち》は鹿児島に飛んだ！　次第に明らかになる関係者の過去……!?